AF282419

Melody Fabergé

Secret

Promise

Erotische Geschichten

Bibliografische Information der Deutschen Nationalbibliothek: Die Deutsche Nationalbibliothek verzeichnet diese Publikation in der Deutschen Nationalbibliografie; detaillierte bibliografische Daten sind im Internet über dnb.dnb.de abrufbar.

© 2025 Melody Fabergé, 1. Auflage, ISBN: 978-3-7693-3841-6

Verlag: BoD · Books on Demand GmbH, In de Tarpen 42,

22848 Norderstedt, bod@bod.de

Druck: Libri Plureos GmbH, Friedensallee 273, 22763 Hamburg

Das Werk einschließlich seiner Teile ist urheberrechtlich geschützt. Für den Inhalt ist die Autorin verantwortlich. Jede Verwertung ist ohne ihre Zustimmung unzulässig.

Die Strophe auf S. 39 stammt aus dem Gedicht „Erste Liebe" von Marceline Desbordes-Valmore (1786-1859) in der Übersetzung von Sigmar Mehring, (1856-1915)

liebesgedichte.info/frankreich.php

Hotel

Innen war es endlich windstill und ruhig. Der Empfang des Apartmenthotels war nicht besetzt. Gleich hinter der Theke ging es in den Frühstücksraum, in dem jemand Tische, Stühle und zwei Sofasitzlandschaften geschmackvoll angerichtet hatte; das allein rechtfertigte den Apartmentpreis noch nicht.

Ungeduldig schaute Monika auf ihr Handgelenk. Es ging bereits auf fünf Uhr zu. Wenn sie noch duschen wollte, bevor sie zu dem Treffpunkt in der Lounge fuhr, deren Namen sie sich nicht merken konnte, musste es jetzt wirklich schnell gehen.

Kurz darauf tauchte die Hausdame auf, entschuldigte sich wortreich, wickelte mit ihr routiniert die Formalitäten ab und schloss mit den Worten: „Falls Sie heute Abend noch nichts vorhaben, möchte ich Sie zu unserer kleinen Weihnachtsfeier im Frühstücksraum einladen. Ich weiß, es ist schon der 26. Dezember, aber wir feiern halt gern."

„Danke für das Angebot", meinte Monika. „Aber ich bin bereits verabredet."

„Kein Problem." Die Hausdame lächelte, als hätte Monika „ja" gesagt.

Kurz bevor sie in die Dusche stieg, piepste eine SMS auf ihrem Handy. Flug wurde kurzfristig abgesagt, ich komme erst morgen in FFM an. Sorry.

Monika war enttäuscht. Sie hatte sich so darauf gefreut, ihre Tochter endlich wiederzusehen.

„Dann eben morgen", sagte Monika laut und tippte es gleichzeitig ins Handy. „Werde Tisch umbuchen." Ein

Klick, die SMS war unterwegs.

Dann ging sie duschen. Erst danach verschob sie die Buchung in der Lounge telefonisch auf den nächsten Tag, das Handtuch um die tropfnassen Haare gewickelt, im weichen Frotteebademantel auf der Couch. – Hoffentlich kam nicht noch was dazwischen, sonst würden sie sich erst ein paar Wochen in Singapur auf dem Flughafen sehen.

Und jetzt?

Monika hatte keine Lust auf alternative Festlichkeiten mit fremden Menschen. Zum Abschied eine verquaste, deutsche Weihnachtsfeier mit gespielter Fröhlichkeit und verkrampften Witzen? – Na gut. Umso leichter fiel ihr der Abschied.

Sie zog das langärmelige Glitzertop an, das sie in ihrem kleinen Handgepäck mitgenommen hatte. Der Rest ihrer Kleidung war bereits vor fünf Wochen verschickt worden. Klaus hatte ihr geschrieben, dass der Liefertermin Ende der nächsten Woche sein sollte, falls nicht doch noch eine Monsterwoge den Container mit ihren Sachen vom Schiff riss. Dagegen gab es keine Versicherung, nur das Trostpflaster in Form der Versicherungssumme.

Auf viel zu hohen Absätzen stöckelte sie aus dem ersten Stock zurück zur Rezeption. Das Gesicht der Hausdame hellte auf, als Monika ihre Teilnahme nun doch zusagte. „Zugunsten der Feier fällt das Abendessen um halb sieben heute aus. Beginn ist um zwanzig Uhr."

Monikas Magen knurrte verärgert. Sie hatte seit dem Frühstück nichts mehr gegessen. „Gibt es hier in der Nähe einen Imbiss?"

„Links die Straße hinunter." Das Lächeln der Hausdame war wie in Stein gemeißelt. „Dann einmal ums Skyline herum, auf der anderen Straßenseite finden Sie ein paar Schnellrestaurants."

Also wieder raus in Dunkelheit und Kälte. Monika hatte keine Lust, sich noch einmal umzuziehen, holte lediglich Mantel, Geld und Handy aus dem Zimmer und marschierte los, die Kapuze tief ins Gesicht gezogen.

Beim Hühnerbaron kam sie trotzdem als Eiszapfen an. Sie war die einzige Kundin und wurde rasch und etwas lustlos bedient. Sie hätte am zweiten Weihnachtsfeiertag auch nicht arbeiten wollen und gab Trinkgeld. Irgendwie musste sie ihr deutsches Kleingeld loswerden.

An einem Fenstertisch begann sie zu essen. Draußen wirbelten Schneeflocken in wilden Spiralen über die dunkle Straße. Die Autos fuhren langsam, Fußgänger in kleinen Grüppchen sahen zu, dass sie weiterkamen. Monika vermutete dahinter späte Familienspaziergänger, die kein Wetter davon abhalten konnte, an Weihnachten hinauszugehen. Auch das wäre bald vorbei.

Klaus hatte schon berichtet, dass die Pommes in Singapur anders schmeckten. Solang sie im Gegensatz zu diesen Dingern hier überhaupt nach etwas schmeckten, war Monika zufrieden. Sie biss ab, kaute, schluckte, trank abwechselnd einen Schluck Coke oder Kaffee – und wartete.

Eine Pudelmützengestalt in langem Daunenmantel drückte sich herein. Viel mehr war unter der dünnen Schneeschicht nicht zu erkennen. Nach einer Weile wurde daraus Monikas Tischnachbar, der sich umständlich aus seinen Sachen schälte und, mit dem Rücken zu ihr, ebenfalls zu essen begann. In dem dunkelblauen Pullover schien niemand zu stecken, so dünn kam er ihr vor. Erst nach einer Weile, als sein hungriges Vornüberbeugen und Hineinschlingen allmählich zum Ende kam, zeichnete sich der Körper im Strickpullover ab. Er war normal dick oder dünn, je nachdem, welche Perspektive man bevorzugte. Die nackenlangen Haare waren in einem dunkelbraunen Durcheinander unter der Mütze hervorgekommen. Zu Beginn war er kurz mit den Fingern durchgefahren.

Gleichzeitig mit Monika beendete er seine Mahlzeit. Mit einem Seufzer lehnte er sich auf seinem Stuhl zurück und schlürfte seinen Limonadenbecher leer.

Blick auf die Uhr, Blick nach draußen.

Autos schlichen vorbei, Schneeflocken wirbelten. Allein vom Anblick fröstelte Monika. Keine Lust, ein letztes Mal für heute hinauszugehen.

Der satte Tischnachbar stand auf und zog sich an. Etwas anderes blieb ihr auch nicht übrig, schließlich konnte sie nicht den ganzen Abend hier sitzen. Eingemummelt ging sie hinter ihm zur Ladentür, die er nachlässig für sie aufhielt, lehnte sich in den auffrischenden Wind und folgte ihm unabgesprochen bis zum Apartmenthotel.

Er ging hinein. Sie auch.

Die Hausdame begrüßte beide.

Erstaunt drehte der ehemalige Tischnachbar sich zu Monika um. „I understand", sagte er mit starkem Akzent, nickte ihr zu und lief die Treppe hinauf.

Die Hausdame lächelte.

*

Zirka eine Stunde später sahen sie sich im geschmückten Frühstücksraum wieder. Er hatte den Wollpullover gegen einen anderen getauscht, Monika trug nach wie vor ihr Glitzertop. Sie nickten sich zu und zogen sich an entgegengesetzte Tische zurück.

An der kleinen Bar schenkte der Concierge fleißig Getränke aus. An Gästen mangelte es auch zu Weihnachten nicht; das Apartmenthotel war ausgebucht. Familien und Alleinreisende mischten sich, beobachteten sich, unterhielten sich; Monika fühlte sich an ihrem Zweiertisch ein wenig einsam, weil sie niemanden außer dem einen in der gegenüberliegenden Ecke kannte.

Nach und nach pendelte sich ihr Blick auf ihn ein. Sie fokussierte ihn erst kurz, dann immer länger, bis sie zum Beispiel wusste, dass er sich das Kinn nicht so glatt rasiert hatte wie seine Wangen. Als er den Kopf einer Frau zuwandte, die ihn am Tisch ansprach, erkannte sie die Absicht dahinter: Sein Kinn war eher kurz geraten; die Stoppeln betonten es. – Guter Trick. – Seine hohen Wangenknochen hingegen taten ihr Werk. Sein Gesicht wirkte ebenmäßig und ein wenig exotisch. Die ausgeprägten Halsmuskeln gingen in einer interessanten Linie in die Schultern über. Der Form seiner Hände nach arbeitete er entweder körperlich oder stemmte regelmäßig Gewichte. Monika dachte an ihre wenigen Besuche im Fitnessstudio. Eigentlich eine dumme Erfindung für Leute, die in Form kommen wollten. Wirklich gesehen wurde man dort nämlich erst, wenn man schon einen gewissen Trainingserfolg vorweisen konnte. – *Es geht nicht ums Gesehenwerden, Mama,* hatte ihre Tochter sie gescholten, *sondern um deine Gesundheit!* Ihre Gesundheit war Monika zwar nicht egal, aber auch nicht so wichtig, dass sie neben Yoga noch eine andere Sportart betrieben hätte. Solang sie in ihre Lieblingshosen passte, war alles in Ordnung. Außerdem zählte sowieso nicht das, was die anderen sahen, sondern was sie sehen *sollten*.

Es knackte in den dezent montierten Lautsprechern in der Ecke. Gleich darauf säuselte Bing Crosby etwas mit *Christmas* und *snow* und *love*. Mehrere Gäste fanden sich auf der Fläche, die für heute Abend freigeräumt worden war, und begannen, paarweise zu tanzen. Nett anzuschauen waren sie, die Familienväter und -mütter, angefeuert und umtanzt von ihrem Nachwuchs, je nach Alter und Geschlecht. Zwei ältere Ehepaare gesellten sich dazu, was dem Ganzen schon wieder etwas Heimeliges verlieh. Hatte Monika mit Klaus jemals getanzt, wenn Sonja, ihre Tochter, zugegen gewesen war? Daran erinnerte sie sich nicht. Es war auch nicht nötig gewesen, die glückliche Kleinfamilie zu präsentieren, das hatte Klaus allein besorgt. Bis vor einem halben Jahr. Da hatte Klaus seinen gut dotierten Job in der mittleren Führungsebene verloren. Zwei Tage nach der Unterzeichnung des Auflösungsvertrages war er nach Singapur geflogen. Und nicht mehr zurückgekommen, weil er dort vom Fleck weg eingestellt worden war. – Und jetzt folgte sie ihm, damit die anderen dort sahen, was sie sehen *sollten*. Nämlich ein glückliches deutsches Ehepaar, der Mann überaus erfolgreich in einem internationalen Unternehmen, begleitet von seiner Frau, die ihm immer den Rücken freigehalten hatte.

Sonja fand es gut, wenn ein bisschen Schwung in das Leben ihrer Mutter kam. Ts. Als ob ihr Leben in Singapur beschwingter verlaufen würde, nur weil sie die Frau einer Führungskraft war. Aber für alle – außer ihr selbst – sah das halt ziemlich gut aus.

Monika stand auf und ging zum Buffet. Sie hatte schon wieder Hunger. Oder immer noch. Aber das kam auf das Gleiche heraus. – Und so kehrte sie die hungrige, aber elegante Monika heraus, der man auch den dritten Dessertteller verzieh, weil sie genug Yoga betrieb, um sich die Gaumenfreuden nicht anmerken zu lassen. Sie probierte von den herzhaften und süßen Hauptspeisen, nahm sich einen Salat mit – damit es auch gesund aussah – und beendete ihr überaus genüssliches Mahl mit Mousse au Chocolat.

Da stand er plötzlich an ihrem Tisch.

„You like the buffet, no?"

Aus dieser Perspektive wirkte er sogar ein wenig größer als beim Hühnerbaron. Sein Kinn stützte den lachenden Mund mit den dunkelrot-blauen Lippen, und selbst seine Augen lachten.

Errötend schluckte Monika den letzten Bissen hinunter. „Yes", meinte sie schließlich. „Please sit down, Mr–"

„Please call me Javor."

„Javor. Nice to meet you."

„May I ask for your name, madam?"

„Monika", sagte Monika gehorsam.

„Oh, Sie sind Deutsche?" Javors spontaner Wechsel in ihre Sprache, versetzt mit einem dicken Akzent, verwirrte sie.

„Ja, bin ich. Woher kommen Sie?"

„Aus Sofia. Bulgarien." Er hielt ihr die Hand hin. „Monika, darf ich um den nächsten Tanz bitten?"

„Mit welcher Begründung?", entfuhr es ihr.

Javor blinzelte. „Weil ich mit Ihnen tanzen möchte. Wie die anderen. Bei einer Feier wird getanzt. Normalerweise."

„So, so." Sie gönnte sich einen langen, musternden Blick auf ihn. „Ich tanze nicht."

„Schade. Ich werde den Korb mit Anstand tragen."

Jetzt musste sie grinsen. „Das will ich hoffen." Damit schob sie ihren Stuhl zurück, stand auf und ging zur Bar hinüber. Dort ließ sie sich einen Tequila Sunrise mixen und balancierte damit auf ihren hohen Absätzen zu einer der Sofalandschaften hinüber.

Jemand schaltete die Deckenbeleuchtung aus und unzählige Lichterketten ein. Der Frühstücksraum verwandelte sich in eine gedimmte Weihnachtsdisco mit lachenden Gästen, quietschenden Kindern und einem Soundtrack aus den Lautsprechern, der sie eher an Silvester denken ließ.

„Dann lassen Sie mich Ihr Sofa-Partner sein", sagte Javor hinter ihr.

Monika seufzte leise. „Na gut." Setzte sich. Achtete darauf, dass Javor genügend Abstand zu ihr wahrte. Auch er hatte sich einen Cocktail geholt. Im Flackerlicht war nicht genau zu erkennen, was es war.

Sie stießen an.

„Also gut, Javor: Geben Sie Ihren Lebenslauf kurz und schmerzlos wieder. Dann erzähle ich Ihnen alle Dinge, die mich am Leben verzweifeln lassen – und dann überlegen wir gemeinsam, wie dieser Abend weitergehen soll. Einverstanden?" Eigentlich hatte sie laut gedacht und nicht damit gerechnet, dass er sie in dem Lärm überhaupt verstand.

Er hatte. Und antwortete prompt: „Ich kann Ihnen gern was ausdrucken. Dazu muss ich nur kurz in meine Suite an den Laptop."

Auf dem Rand ihres Cocktail-Glases brachen sich die Reflexionen der Lichterketten. „Eigentlich müssten Sie mich noch fragen, ob ich Sie begleite."

„Ich möchte aber nicht", sagte Javor freundlich. „Was wollen Sie denn in meinem Zimmer? Sie wollten ja auch nicht mit mir tanzen."

„Stimmt."

Sie schlürften gemeinsam an ihren Drinks.

„Was stünde denn in Ihrem Lebenslauf, wenn Sie ihn ausdrucken würden?", fragte Monika, kurz bevor Mariah Carey losschmetterte, was sie sich zu Weihnachten wünschte.

„Ach, dies und das", meinte Javor unverbindlich, „ein paar Ergänzungen, dazu kleine Erfolge. Nichts besonderes. Und bei Ihnen?"

„Ähnlich", sagte Monika nach ein paar Sekunden. „Ein bisschen Schule, ein bisschen Ausbildung, ein bisschen Familie. Keine Höhepunkte."

„Traurig", fand Javor.

„Durchschnitt", fand Monika. „Wir sind eben keine Extremisten."

„Niemand wird sich jemals an uns erinnern", ergänzte Javor und lachte. Es gefiel ihr, wie er die Konsonanten aussprach, mal zu hart, mal zu weich, stets sympathisch.

„Wir sind quasi unsichtbar." Das klang unerwartet unangenehm in Monikas Ohren. So exklusiv wollte sie nun auch nicht leben."

„Sie sind eine interessante Frau", sagte Javor da. Sein Kinn runzelte sich leicht.

„Beginnt jetzt der Abschnitt mit dem Flirten?" Beiläufig prostete Monika ihm zu und schlürfte Tequila Sunrise durch den Strohhalm.

„Ich denke, das wird allgemein erwartet." Mit einer großen Geste deutete Javor auf die anderen Menschen im Raum. „Ein Mann, eine Frau, erst beide einsam, dann zusammen auf der Couch. Finden Sie mich denn auch interessant?"

„Um das zu entscheiden, bräuchte ich tatsächlich Ihren ausgedruckten Lebenslauf, Javor." In ihrem Glas klirrten die Eiswürfel. „Aber ich will immer noch nicht mit Ihnen aufs Zimmer gehen."

„Das macht Sie noch interessanter."

„Und ich habe noch nicht mal meinen Lebenslauf dabei, geschweige denn einen Laptop." Monika stellte das leere Glas auf den kleinen Beistelltisch und hievte sich von der Couch. „Soll ich Ihnen was von der Bar mitbringen?"

Javor rührte sich nicht. „Lieber vom Buffet, wenn Sie einen Schlenker machen wollen, Monika. Die Situation macht mich irgendwie hungrig."

„Essen holen Sie sich schön selbst, Javor." Sie nahm ihr Glas wieder in die Hand und schwankte. Die Absätze waren echt die Hölle. – Als sie mit einem Cuba Libre zur Couch zurückkam, war Javor weg. Sie konnte ihn auch sonst nirgendwo im Raum entdecken.

Schade. – Nun gab es eigentlich keinen Grund mehr für

sie, hier unten zu bleiben. Genervt von den scheppernden Weihnachts-Hits und der guten Laune der anderen kippte sie den Cocktail schneller hinunter, als es für sie gut war und sah zu, dass sie einigermaßen unfallfrei hier wegkam. Erst in der Lobby wurde es besser; hier war die Luft frischer als in dem überhitzten Frühstücksraum, wo sich alle die Seele aus dem Leib feierten.

Schnelle Schritte kamen die Treppe herunter. Es war Javor, der ein Blatt wie eine Trophäe schwenkte. Mit einem kleinen Hopser kam er bei Monika zum Stehen und überreichte ihr die bedruckten Seiten.

„Bitte schön. Mein Lebenslauf.“

Automatisch und auch ein wenig fassungslos nahm Monika ihm das Blatt ab. Lesen konnte sie nichts. „Was ist das für eine Schrift? Russisch?“

„Kyrillisch“, korrigierte Javor sie freundlich. „Soll ich es Ihnen vorlesen?“

„Ich verstehe aber kein Kyrillisch.“

„Der Lebenslauf ist auf Bulgarisch verfasst. Mit kyrillischen Schriftzeichen.“ Der Schalk schien ihm aus den Augen zu springen. „Also, soll ich Ihnen meinen Lebenslauf vorlesen?“

„Ja“, meinte Monika zögernd.

Es folgten drei Minuten in fließendem Bulgarisch, in denen Monika null verstand.

„Und?“, fragte Javor schließlich.

„Auf jeden Fall klingt es interessant“, räumte Monika ein. „Aber jetzt weiß ich immer noch nichts von Ihnen, außer dass Sie Javor heißen, Javor.“

„Sie könnten mich ausfragen.“

„Warum?"

„Weil wir zwei Fremde in einem Apartmenthotel sind, in dem alle anderen wesentlich mehr Spaß haben als wir. Das ist ungerecht. Ich will es anders."

„Dann tun Sie was, Javor! Ich bin doch nicht Ihre Nanny."

Seine Augen begannen zu schimmern. „Leider."

Ihre Fassungslosigkeit wuchs. Hatte sie richtig gehört?

„Javor, jetzt mal stopp und gut aufgepasst: Ich bin nicht hier, um Ihre Nanny zu spielen. Und wenn Sie auf so was stehen, dann gehen Sie bitte in den Frühstücksraum und suchen sich jemand anderen dafür. Ist ja genug älteres Material vorhanden. Haben wir uns soweit verstanden?"

Stumm faltete er das Papier zusammen und stopfte es in die hintere Hosentasche. „Dann hören Sie doch einfach auf, eine Nanny zu sein, Monika."

„Wie bitte?"

Er wurde ernst. „Sie geben das perfekte Kindermädchen, Monika. Jeder Spaß ist Ihnen zuwider, nicht mal tanzen können Sie vor lauter Nanny-Aufgaben. So kann man doch nicht glücklich sein."

Monika war baff. Das hatte noch niemand zu ihr gesagt. „Das lassen Sie mal meine Sorge sein, Javor. Ich bin zufrieden."

„Zufrieden heißt nicht glücklich."

„Ich entscheide immer noch allein, wie ich zu sein habe!"

„Stimmt. Sie haben ganz allein entschieden, immer auf andere aufzupassen und sich komplett zurückzuhalten." Javor deutete eine kurze Verbeugung an und ging an ihr vorbei, die Treppe hinauf, nahm den linken Gang und war verschwunden. Etwas später fiel eine Tür ins Schloss.

Unten in der Lobby biss Monika die Backenzähne zusammen. Wie lächerlich das alles war. Nur nicht weiter drüber nachdenken! Und jetzt bloß nicht allein auf ihr Zimmer gehen und Trübsal blasen.

Unsicher vom Alkohol in den Cocktails kehrte sie in den Frühstücksraum zurück, wo gerade eine der vielen poppigen Versionen des Liedes „Merry Christmas" von allen gegrölt wurde. Natürlich kannte jeder den Text außer Monika. Ihr großer Moment würde mit Rolf Zuckowskis „Weihnachtsbäckerei" schon noch kommen!

Etwas verloren schob sie sich an der Wand entlang auf das schon recht geplünderte Buffet zu. Gab es noch etwas von der wundervollen Mousse au Chocolat? Nein. Schade.

Wieder einmal bekam sie das Lächeln der Hausdame ab, die aussah, als hätte sie kurz zuvor ein anstrengendes Fitnessprogramm absolviert. Dabei hatte sie nur mitgesungen, ein wenig getanzt und dabei Getränke herumgereicht. Und obwohl ihre Frisur komplett zerstört war, wirkte sie wie auf dem Laufsteg und total glücklich.

Monika schielte an sich hinunter. Plötzlich waren ihr ihre Rundungen zu viel, das Glitzeroberteil klebte wie ein Putzfetzen an ihr. Monika fühlte sich nun tatsächlich wie ein Kindermädchen, schlimmer noch: wie eine Gouvernante, die stocksteif in der Ecke stand, während alle anderen lebten. Dabei hatte sie sich immer als selbstbewusste Frau erlebt, die lediglich sorgfältig auswählte, womit sie sich beschäftigte, wenn sie Zeit hatte. – Der Abend war definitiv gelaufen.

Müde stieg sie wieder in den ersten Stock hoch zu ihrem

Apartment, in dem sie heute Nacht nicht bis in die Puppen mit der quirligen Sonja quatschen würde, und tat sich ein bisschen leid. Wie sollte sie die Zeit bis zum nächsten Tag sinnvoll füllen? Natürlich konnte sie sich jetzt hinlegen und einfach schlafen. Aber das war ja nichts Besonderes. Ursprünglich hatte dieser letzte Abend in Deutschland mit Sonja ein kleines Fest werden sollen, ein Abschied von einem Land, in dem sie beide aufgewachsen waren. Sonja war sofort Feuer und Flamme gewesen, als Klaus von seinem neuen Job in Asien erzählte und hatte sich dank ihrer Kontakte in wenigen Wochen ebenfalls eine Stelle dort organisiert. In vier Wochen würde sie nachziehen und vorerst mit ihren Eltern in einem netten Haus am Stadtrand wohnen. – Wenn Monika ganz ehrlich mit sich war, ging sie wegen Klaus und Sonja weg und nicht, weil sie es selbst so gewählt hatte.

Der Brief lehnte von außen an ihrer Zimmertür. Sie hob ihn auf und öffnete ihn, bevor sie die Tür entriegelte und hineinging. Auf dem Kopf des Papierbogens war neben dem Logo des Apartmenthotels ein Bewerbungsfoto von einem seriös dreinschauenden Javor.

Was war das denn für eine Aktion?

Sie warf die Tür zu, zog den Bogen heraus und faltete ihn auseinander. Wieder war es ein Lebenslauf, nur diesmal auf Deutsch. – Javor Kantz hieß er also, geboren in Sofia, hatte irgendwas Wissenschaftliches studiert und in verschiedenen Firmen gearbeitet. Bei der letzten aufgeführten endete sein Arbeitsverhältnis am 31. Dezember, also in fünf Tagen. Und dann?

Genau, und dann? hörte sie Sonja im Geiste sagen. Die Frage könntest du dir auch stellen, Mama! Was machst du im neuen Jahr, wenn du in Singapur angekommen bist? Immer weiter Papa den Rücken stärken oder endlich mal was Eigenes auf die Beine stellen?

Unerhört, dass ihre Tochter überhaupt so etwas dachte, besser: dass Monikas Unterbewusstsein Sonja diese Gedanken zuschrieb, die Monika schon seit ein paar Wochen umtrieben. Der Umzug nach Singapur musste doch auch einen tieferen Sinn nur für sie allein haben.

Sie schaute noch einmal in den Briefumschlag hinein. Javor hatte eine zweistellige Nummer auf die Innenseite des Umschlags geschrieben. Monika vermutete, dass es sich um die Zimmernummer handelte. Am Festnetztelefon wählte sie die Null vor, gefolgt von der Zimmernummer. Nach dem ersten Klingeln wurde abgenommen.

„Sind Sie es, Monika?"

„Ich bin es, Javor. Ich habe Ihren Brief gelesen."

„Und?"

„Es freut mich, dass Sie mich so ernst nehmen. Mit dem Lebenslauf, meine ich. – Finden Sie wirklich, dass ich wie eine Nanny bin?"

„Bisher war es der Fall, ja. Möchten Sie das ändern?"

„Unbedingt. Würden Sie mir einen Tanz schenken?"

Am anderen Ende der Leitung lachte Javor leise. „Ich bin sofort bei Ihnen."

Nicht lang nach dem Klicken im Hörer klopfte es an ihre Tür. Monika hatte keine Zeit gehabt, sich noch einmal zurechtzumachen, öffnete aber trotzdem die Tür.

„Hallo Javor. Was sehen Sie jetzt in mir?"

Er blieb im Gang stehen. „Was soll ich denn sehen, Monika?"

Ihre Schultern sanken hinab. „Keine Ahnung, ehrlich gesagt."

„Dann gehen wir es anders an. Was sehen Sie in mir?" Als sie nicht antwortete und weil es ihm gerade in den Sinn kam, hob er die Arme und drehte sich einmal langsam um die eigene Achse. Eines der älteren Ehepaare kam vorbei und grinste Monika an Javor vorbei an.

Er beendete die Runde und ließ die Arme wieder sinken. „Und? Wer bin ich?"

„Jemand, der ein hübsches Gesicht und einen ganz passablen Hintern hat?", schlug Monika vor. „Und der vielleicht ganz gut tanzen kann?"

„Wollen Sie der Sache auf den Grund gehen, Monika?"

„Auf jeden Fall. Ich muss nur noch meine Karte–"

Javor trat einen Schritt vor. „Die Musik ist bestimmt auch in deinem Zimmer gut zu hören."

Sie hielt inne. Die Situation war mit einem Mal so irrwitzig, dass sie ein paar Sekunden nicht wusste, wie sie reagieren sollte. Die gute alte Nanny hätte Javor Kantz in die Schranken gewiesen und die Tür zugeknallt, aber das machte keinen Spaß. Nur welche Rolle sollte Monika stattdessen einnehmen? Die plötzliche Erkenntnis, dass sie mit einem Schlag wählen konnte, wie es weitergehen sollte, war verblüffend ärgerlich. Weil sie nicht wusste, wie man frei wählte!

„Meinst du?", fragte sie unsicher.

Statt zu antworten, schob Javor sich herein und schloss

die Tür hinter sich. „Probieren wir es aus." Tatsächlich kam ein wenig „Last Christmas" durch. Galant bot Javor ihr ein zweites Mal an diesem Abend die Hand.

„Darf ich bitten?"

Dieses Mal legte Monika ihre Hand in die des Mannes, gegen die die Nanny nicht ankam; ließ zu, dass er seinen rechten Arm um ihre Hüften legte und sie in Tanzposition rückte. Trotz seiner Größe und der Länge seiner Arme kamen ihre Rundungen dicht an ihn heran.

„Cha-Cha-Cha", schlug Javor vor. Dunkel erinnerte sich Monika an die Grundschritte, und ehe sie sich versah, tanzte sie mit Javor in ihrem Zimmer vor dem Bett. Von hier hatte sie auch einen guten Blick auf sein Kinn, seine hohen Wangenknochen, seine Augen. Sie waren übrigens grau.

„Auf dem Foto im Lebenslauf hast du blaue Augen", bemerkte sie, weil ihr die Stille im Zimmer unerträglich zu werden drohte.

„Das ist eine Interpretation meines Druckers", erklärte Javor. „Ist das schlimm?"

„Nein." Krampfhaft überlegte sie, wie es nun weitergehen könnte.

„Entspann dich", bat Javor. „Wir tanzen nur." Er führte sie in die Drehung, wirbelte sie kraftvoll und sicher herum und zog sie wieder an sich. Heiß traf sein Atem ihr Gesicht. Er duftete warm und freundlich.

„Leider", sagte Monika, deren Arm so bequem auf seiner rechten Schulter lag.

„Leider was?"

„Dass wir nur tanzen."

„Was möchtest du denn?"

Sie atmete heftig aus und blieb stehen. „Alles." Diesen Satz sagte die Monika, die sich schon lange nicht mehr hatte blicken lassen.

„Was meinst du mit alles?", fragte Javor verwundert.

„Na, einfach alles. Ich will tanzen, gesehen werden – und Sex. Jetzt. Aber weißt du, was das Problem ist?" Sie nahm ihre Hand von seiner Schulter. „Ich habe seit Jahren keinen guten Sex gehabt. Ich weiß nicht mehr, wie das geht. Wahrscheinlich kann ich nicht mal mehr richtig küssen."

Ein langer Moment verstrich, in dem sie sich ansahen. „Gut", meinte Javor schließlich. „Vertraust du mir?"

„Ich versuch's."

Sacht berührte er ihr Gesicht mit seinen Fingerspitzen. Strich über ihre Wangen, ihre Augenbrauen. „Magst du das?"

Sie nickte flüchtig.

Vorsichtig nahm er ihren Kopf in seine weichen Hände. Beugte sich vor. Hauchte ihr einen Kuss auf die Unterlippe. „Und das?", fragte er leise.

Wieder nickte sie. Sein Atem duftete so gut. Seine Augen glitzerten. Wie Klaus' Augen noch vor ein paar Jahren, wenn er zu ihr kam. – Aber Klaus war nicht hier.

Gut so.

Ihre Arme legten sich um Javors schmale Hüften. Sein Hintern lag tatsächlich ganz passabel in ihren Händen, und nicht nur deshalb zog sie ihn simultan zu seinem nächsten Kuss an sich. Er schmeckte gut. Er küsste gut. Und er fühlte sich unglaublich gut an.

Eine Weile probierten ihre Münder aus, was dem anderen Freude bereitete, bis sich Javors Hände von Monikas Gesicht langsam nach unten tasteten. Sie spürte ihnen nach, wie sie sich unter ihr Glitzeroberteil schoben, begrüßte sein vorsichtiges Streicheln und Drücken, und wie er hochglitt zu ihren Brüsten. Wie er sie wieder küsste, als sich seine Hand wie eine Schale um ihre linke Brust legte und begann, sie sanft zu massieren.

Rasch öffnete sie ihren BH am Rücken. Javors Hand glitt unter das Körbchen, begleitet von seinem leisen Stöhnen, als er spürte, wie groß und weich ihre Brust war. Fragend drückte sich sein Glied durch den Hosenstoff gegen ihren Oberschenkel. Impulsiv schob er ihr Oberteil und den BH hoch, sie zog beides über ihren Kopf und ließ alles auf den Boden fallen. Schwer lagen ihre Brüste nun in seinen Händen, die Höfe und die Knospen groß und fast dunkelbraun vor Erregung. Sein Mund fuhr hinunter und saugte sanft und begierig zugleich daran. Wie das kitzelte. Wie glücklich es Monika machte! Jetzt wollte sie ihn auch sehen, ertasten, erleben. Sein Pullover fiel neben ihren BH, darunter seine durchtrainierte Brustmuskulatur, seine kleineren Brustwarzen ebenso aufgerichtet und empfindsam, als sie sie mit den Fingerspitzen berührte. Das erste große Glück traf sie, als er sie wieder heftig an sich zog, ihre Brüste sich an seinen Brustkorb schmiegten und er sie wie ein Ertrinkender küsste. Heftig zog sich etwas in ihrem Unterleib zusammen, ohne dass er sie dort auch nur berührt hätte.

„Mehr?", fragte er leise.

„Mehr", hauchte sie.

Verstörend und aufregend zugleich wurde seine Zielstrebigkeit nun, und Monika beeilte sich, mit ihm Schritt zu halten. Zitternde Hektik führte ihrer beider Hände beim Öffnen von Knöpfen und Reißverschlüssen. Ein Genuss, Stoff auf Haut gleiten zu hören, ein wenig nachzuhelfen, die Hitze des anderen aufzunehmen. Nackt war Javor noch schöner; Monika wurde den Verdacht nicht los, dass er nur für sie absichtlich schöner geworden war als vorhin. Und auch das gefiel Monika. Ihre Wangen begannen zu glühen.

Rasch glitt er an ihr hinunter, half ihr, die Füße aus den Hosenbeinlöchern zu ziehen – sie kicherte verschämt, weil er sich Zeit nahm, flüchtig ihre Rundungen zu erkunden – und zog am Schluss seine Socken aus. Das hatte nicht mal Klaus gemacht!

„Was ist?", fragte Javor, als sie sich rückwärts auf Bett fallen ließ und mit der Bettdecke ihr Gekicher erstickte.

„Deine Füße", klang es dumpf unter der Decke hervor.

Er schaute hinunter. „Ja?"

„Ich liebe sie", stieß sie hervor und zog die Decke von ihrem Gesicht. Da war er nun, der andere Javor, mit dem sie das Besondere, das nur ihr gehören würde, erleben wollte. Entspannt stand er da, ein wenig breitbeinig, weil es seine Lage nicht mehr anders zuließ, die Arme hingen locker an den Seiten. Beschämte Röte stieg in Monikas Brust auf, als sie einen raschen Blick auf seine Leibesmitte riskierte.

Langsam beugte er sich zu ihr hinunter, um sie wieder zu küssen. Genauso langsam schob sie sich rückwärts, zog ihn mit sich auf das Doppelbett, das heute nur für sie und ihn hier stand. Er folgte ihr; dabei berührte sein Glied ihren weichen Bauch und entlockte ihm das nächste Stöhnen.

„Kann ich dir auch einen Gefallen tun?", flüsterte Monika zwischen seinen Küssen.

„Alles, was du willst", antwortete er rau.

Sanft drückte sie ihn auf die Decke, bis er auf der Seite lag. Mit etwas steifen Fingern strich sie von seinem Nabel durch sein weiches Haar hinunter, weiter über seine Lenden nach hinten. Er zitterte vor Aufregung und griff wieder nach ihren Brüsten. Sie ließ ihn gewähren, weil er so herrlich küssen konnte, und widmete sich dem, was sie später ganz tief in sich zu fühlen hoffte. Mit einer Hand zog sie Javors Kopf tiefer zu ihren Brüste, damit er sie besser zu fassen bekam, wenn seine Zunge über ihre dunklen Höfe wanderte. Die andere glitt zurück zu seiner Mitte; sein Glied zuckte, als sie es in ihre warme Hand nahm und sie langsam auf- und abbewegte.

Genüsslich sank sie unter seinen Liebkosungen auf den Rücken, ohne selbst ihre Fingerspitzen von seiner weichen Haut unter seinem Stab zu nehmen, was ihn immer größere Erregung versetzte. Fast unausweichlich war es, dass sich ihre Schenkel schließlich öffneten und er nach ihrer warmen, feuchten Mitte suchte – erst mit seinen Händen, dann immer drängender mit seinem ganzen Körper, um Einlass bittend.

Seufzend gab sie nach. Keuchend glitt er in sie hinein. Erst ungeduldig, dann kraftvoll und rhythmisch stieß er sich in sie hinein, zog sich zurück, nur um noch tiefer in sie hineinzusinken. Wie erregend schwer er auf ihr lag, stets darauf bedacht, ihre großen Brüste unter sich zu spüren. Schließlich packte er ihre Hüften; seine heißen Hände glitten zu ihren Pobacken, hoben sie hoch, dann drehte er sich mit ihr auf den Rücken. Nun saß sie auf ihm und war entzückt, mit welchem Eifer er sich ihren Perlen widmete, die wie Blumen auf der Spitze ihrer schwer zu ihm herabhängenden Brüste erblühten.

„Begrab mich unter dir", stieß er hervor; liebevoll legte sie sich mit ihrem ganzen Gewicht auf ihn, sein Gesicht mit ihren Brüsten bedeckend, und dann zuckte und kam er mit einer Wollust in ihr, dass ihr nichts anderes übrig blieb, als sich ebenfalls fallen zu lassen und die heißen Wonnekrämpfe seiner aufgewühlten Männlichkeit zu empfangen. Wunderkerzen glühten in ihr auf; ihre Vulva zog sich zusammen und sendete glühende Strahlen bis hinauf in ihre Brustwarzen.

Sie kamen zur Ruhe.

Langsam glitt Monika von Javors Schoß hinunter, erschüttert und euphorisch zugleich, dass sie ihn gerade so erlebt hatte. Sofort wandte er sich ihr wieder zu, nur um erneut seine warmen Hände auf ihre Brust zu legen.

„Wunderschön", flüsterte er, und wieder: „Wunderschön."

Bereitwillig ließ sie ihn gewähren, bis sein Drängen allmählich nachließ. Zärtlich schob er seinen Arm unter ihren Kopf, deckte sie beide zu und löschte die Lampen bis auf das kleine Nachtlicht neben dem Bett. Sein warmer, lebendiger Körper lag dicht bei ihrem weichen Bauch, Begehren und Fleisch erschlafft, zugleich voller Liebe, zutiefst erschöpft nach dem Akt, den er ihr geschenkt hatte.

Noch lange lag Monika neben ihm wach und lauschte auf

seinen Atem. Er schnarchte ein wenig, was ihn noch sympathischer machte. Freundschaft empfand sie für ihn, vielleicht auch ein klein' wenig Liebe, weil er ihr diesen Wunsch erfüllt hatte.

Draußen kamen die letzten Feiernden die Treppe herauf, verabschiedeten sich lautstark in den Sprachen aller Herrn Länder voneinander und trennten sich.

Javor aus Bulgarien, dachte Monika, werde ich dich vermissen? Wirst du da sein, wenn ich mich nach dir sehne? Wahrscheinlich nicht. – Wirst du an mich denken, wenn du in einem anderen Land bist? Vielleicht.

Der Gedanke brachte ihr die ersehnte Ruhe. Befriedigt und müde schlief sie ein.

*

Am nächsten Morgen stand plötzlich Sonja in der Tür zum Frühstücksraum. Monika entdeckte sie und winkte ihr; sie flogen aufeinander zu und hielten sich fest, wie es nur Mütter und Töchter nach einer langen Trennung tun. Lächelnd wandten die anderen Gäste die Köpfe ab und überließen sie ihrer Wiedersehensfreude.

„Mama, gut schaust du aus! Hast du endlich meinen Ratschlag befolgt und gefeiert?", rief Sonja. „Ich sterbe vor Hunger. Meinst du, ich bekomme noch ein Frühstück?"

Die Hausdame hatte bereits ein weiteres Gedeck auf den Tisch gestellt und Kaffee in die neue Tasse geschenkt.

Hungrig und glücklich schob Sonja ihre Mutter zu ihrem Tisch zurück. „Javor, grüß dich! Danke, dass du dich um meine Mutter gekümmert hast. Ich hatte schon Angst, du hättest meine SMS nicht bekommen, weil du nicht geantwortet hast."

Zu Monikas Erstaunen beugte Sonja sich zu dem bis auf das Kinn frisch rasierten Javor hinunter, der gerade seinen Kaffee trank, und drückte ihm einen kleinen Kuss auf die Wange. Javors Wangen erröteten zart. „Du weißt doch, dass du dich auf mich verlassen kannst. Es war mir ein Vergnügen."

Stumm setzte Monika sich auf ihren Platz und nahm einen Schluck von dem Orangensaft, den die Hausdame gerade gebracht hatte. Zu gern hätte sie nachgefragt, warum und woher Sonja Javor kannte und was das für eine SMS gewesen war. Aber das untrügliche Gefühl, dass ihr etwas Wichtiges entgangen war, ließ sie schweigen.

„Und was habt ihr Schönes gemacht?", plapperte Sonja fröhlich drauflos. „Hmmm, die Brötchen riechen fantastisch!"

Javor warf Monika einen Blick zu. „Wir waren gestern auf der Hotel-Weihnachtsfeier, wie du vorgeschlagen hast. Ich bin noch ganz heiser vom Singen." Zum Beweis hüstelte er in seine Faust und grinste verlegen. Sonja lachte mit vollem Mund hinter vorgehaltener Hand. „Das hab ich mir gedacht. Mama, alles in Ordnung?"

„J-ja", sagte Monika langsam. „Ich bin nur ein bisschen müde. Spontane Feiern sind anstrengend." Sie lachte entschuldigend. „Ich muss das wohl wieder öfter machen, wenn ich in Singapur bin."

„Absolut. – Javor, ich hoffe, dass du bald Nachricht aus Taiwan bekommst. Aber jetzt erzähl, wie ist es dir noch mit dem ollen Petersen ergangen?"

Sichtlich erleichtert, dass Sonja nicht weiterfragte, begann Javor den Bericht über seinen letzten Projektpartner. Derweil konnte Monika unbemerkt ihr Handy aus der Hosentasche holen. Nach der Umbuchung der Tischreservierung hatte sie keine Nachrichten mehr gelesen. – Tatsächlich, da war Sonjas Nachricht.

18:51

Liebe Mama, mein ehemaliger Arbeitskollege Javor Kantz steigt im gleichen Hotel ab und wird sich um dich kümmern, damit du dich nicht wieder in deinem Zimmer verkriechst. Geh mit ihm feiern, hörst du? Das ist ein Befehl! Ich komme morgen früh nach. Love, Sonja

Langsam steckte sie das Handy wieder weg und setzte das Frühstück fort. Javor Kantz würde also durch die Verbindung mit Sonja nicht ganz aus der Welt sein. War das schlecht oder gut?

Eine Stunde später war die gemeinsame Zeit vorbei. Javor verabschiedete sich. Er flog weiter nach Rom, wo er einen Bekannten besuchen wollte. „Javor war so lieb, seinen Flug für mich um einen Tag zu verschieben." Sonjas Augen glänzten vor Begeisterung. „Mama, kann ich mal deine Zimmerkarte haben? Ich muss mir die Nase pudern und hab noch nicht eingecheckt." Bereitwillig händigte Monika ihr die Karte aus. Sonja wirbelte davon.

„Musst du noch packen?", fragte Monika nach einer Weile des Schweigens.

„Ich habe gar nicht erst ausgepackt. Hatte ja auch keine echte Gelegenheit dazu." Über den Tisch ergriff er ihre Hand und drückte sie liebevoll. „Bist du mir böse?"

„Nein. Mich würde nur interessieren, ob alles so mit Sonja abgesprochen war."

Javor schüttelte den Kopf. „Nein. Das war kein Almosen, falls das deine Frage ist."

Monika lächelte leicht. „Danke."

Lange schaute er ihr in die Augen. „Wirst du mich vermissen?"

„Das habe ich mich heute Nacht auch gefragt." Sie legte auch die andere Hand auf seine. „Wie ist es mit dir?"

Er zuckte leicht die Schultern. „Ich würde dich gern zum Abschied küssen."

„Hier? Vor allen Leuten?"

Sie schauten sich um. Die anderen Gäste waren zu sehr mit sich selbst beschäftigt, um etwas mitzubekommen.

Sie beugte sich zu ihm hinüber und küsste seinen Mund. Er erwiderte ihren Kuss, und ein Funken der Leidenschaft der letzten Nacht sprang von seinen auf ihre Lippen über.

Dann ging er.

*

Einen Tag später – Sonja war schon wieder abgereist und Monika hatte gerade für den Direktflug nach Singapur eingecheckt – klaffte plötzlich eine schreckliche Lücke in Monikas Erinnerungen. Hektisch kramte sie in ihrer Handtasche nach dem Umschlag mit dem Lebenslauf. Erst, als sie ganz sicher war, dass Javor auch seine Kontaktdaten eingefügt hatte und sie sie auswendig wiedergeben konnte, steckte sie den Umschlag zurück in das unscheinbare Fach in den Taschenfalten am Steg.

Es war keine Eile geboten. Alle Entscheidungen standen ihr offen. Sie brauchte nur zu wählen.

Madame et Mathieu

Vielleicht hätte Madame, wie sie von allen genannt wurde, gegen Ende des ersten Semesters kein gutes Wort für ihn einlegen sollen. Sie hatte Mathieu in ihr Büro gerufen und ihn stumm gemustert. Ihrer beider Silhouetten spiegelten sich in den kalten Scheiben, hinter denen schon wieder Schneeflocken wirbelten.

Fast jedes ihrer Worte, das sie dann sprach, brannte sich ihm ein. Ihr Französisch war miserabel, also redete sie Englisch. Das tat sie auch im Unterricht, wenn ihre Schüler nicht verstanden, warum sich „der", „die" und auch noch „das" weigerten, einer grammatischen Logik zu folgen. Wenn sie Englisch sprach, entspannte sich Mathieu; sein Kopf wurde leichter und zog ihn hinüber ins Land der Musicals, wo er viel lieber leben wollte als im erstarrenden Europa.

„Mathieu, es steht nicht gut um deine Noten." Die Vokale perlten, einmal nicht unterbrochen von k, t, s und sch. „Wir sind auch nicht sicher, ob du deine Lücken bis zum Sommer wirst schließen können. Würden deine Eltern dich unterstützen, falls—"

Sie musste den Satz nicht beenden.

„Non", brachte er heraus. Tanzen war nicht seine Bestimmung, aber das waren die anderen Berufe auch nicht.

„Ich werde mit Monsieur Beaufort reden", fuhr Madame betont ruhig fort. „Ich kann mir vorstellen, dass er eine Sonderaufgabe positiv gewichten wird. Fällt dir dazu spontan etwas ein?"

Stanley Beaufort unterrichtete Schauspiel und Tanzgeschichte. Beides dumme Fächer, in denen Mathieu noch weniger Sinn sah als im Auswendiglernen von Schrittfolgen, und diese beiden sollten ihn nun retten … Ausgerechnet der eitle Stanley sollte über Mathieus Zukunft entscheiden?

Madame musterte ihn eindringlich. „Ich werde es nur dieses eine Mal tun. Im nächsten Semester kümmerst du dich bitte selbst um deine Noten. Ja?"

Mathieu nickte.

„Und? Hast du eine Idee?"

„Für die Zusatzaufgabe?", stammelte Mathieu.

Madame nickte.

„Ich – ich muss drüber nachdenken." Ihm brach der Schweiß aus.

Erneutes Nicken. „Gut. Morgen um fünf kommst du wieder her und sagst mir, was dir eingefallen ist. Ich werde Monsieur Beaufort dazu einladen." Damit entließ sie ihn.

Mathieu rannte, floh regelrecht den Flur zum Wohntrakt der Jungen hinunter. Ein gutes Wort eingelegt zu bekommen bedeutete, noch eine letzte Chance zu haben, bevor es vom Tanzen Abschied nehmen hieß. Tanzen war … etwas, das Mathieu machen konnte, auch wenn er gerade keine Lust dazu hatte. Tanzen ging immer. Wer tanzte, wurde gesehen. Von seinen Eltern, seinen Lehrern, von Fremden.

Wer tanzte, lebte.

Unbegreiflicherweise glaubten seine Eltern an sein Talent und ignorierten bisher seine offensichtliche Faulheit. Noch vor zwei Jahren hatte der Vater seine Mutter beruhigt, dass „unser lieber Mathieu schon noch aufwachen wird, und dann steht ihm die Welt offen!" Vor etwa mehr als sechzehn Monaten, nach Ausgabe der Jahreszeugnisse, hatte er die Worte mit unüberhörbarem Nachdruck wiederholt; Mathieu hatte mit geröteten Wangen auf seinen Teller gestarrt und Salamischeiben in sich hineingestopft. Und dann, kurz vor dem Ende der Herbstferien, hatte er seine Mutter flüstern hören: „Wir hätten das Geld in die Ausbildung seiner Schwester stecken sollen." Sie war nicht länger bereit, ein auswegloses Unterfangen zu finanzieren.

Mathieu hatte nicht lauschen wollen, aber seine Schritte verlangsamten sich von selbst.

„Er muss sich nur ein wenig mehr anstrengen", hatte die Stimme des Vaters sie beschwichtigt. Mathieu konnte den vorwurfsvollen Blick seiner Mutter durch die Wand spüren. „Nein. Vanessa wäre die bessere Wahl gewesen."

Vielleicht hatte sie recht ...

*

Unschlüssig nahm er seine Lehrbücher aus dem Regal, blätterte sie durch und stellte sie wieder zurück. Dann warf er sich auf sein nachlässig gemachtes Bett und starrte an die Decke. Didier schaute herein. „Wo ist Pierre?"

„Keine Ahnung." Pierre, sein Zimmerkollege, war viel besser in allem als Mathieu. Er wäre gar nicht in die Verlegenheit einer Sonderaufgabe gekommen. Und wenn doch, hätte er einfach etwas aus dem Hut gezaubert und die Sache wäre erledigt gewesen.

Pierre würde systematisch an die Sache herangehen. Er würde etwas aussuchen, das Monsieur Beaufort gefiel; eine Szene aus einem der Stücke auswendig lernen, in der Monsieur brilliert hatte, zum Beispiel. Pierre konnte aber auch besser schauspielern als Mathieu ...

Er schwang die Beine aus dem Bett. Ein Spaziergang hätte ihm gutgetan, aber der Schnee fiel inzwischen so dicht, dass ihm die Lust verging. Trotzdem zog er seinen Wintermantel an, stülpte sich die Mütze mit den Ohrenwärmern auf den Kopf und dachte auch an die Handschuhe. Er verließ das Zimmer in den schweren, nassen Stiefeln und stapfte zum Dachboden hinauf. Wenn er nachdenken musste, begab er sich auf den verwinkelten Dachboden, der sich über das ganze im Carree gebaute Gebäude zog, stellte sich unter ein Dachfenster und schaute in den Himmel. Der war heute allerdings weiß, denn der Schnee lag dick auf der Scheibe. Probehalber schlug Mathieu gegen den Rahmen über seinem Kopf. Wie auf Kommando rutschte die weiße Pracht hinunter.

Dahinter: klarer Himmel, kein Flöckchen flog mehr.

Mit Mühe löste er den eingefrorenen Riegel und schob das Fenster auf, stellte sich auf einen alten Stuhl und streckte den Kopf in die frostige Luft. Unter ihm lag die große, irrsinnig hell beleuchtete Stadt, in der er eigentlich hätte berühmt werden sollen.

Eigentlich. Und irrsinnig kalt war es hier oben auch. Sein Seufzen verklang substanzlos im abenddunklen Himmel. Noch nicht einmal Sterne waren zu sehen. Inspiration würde er hier wohl auch nicht finden.

Gerade wollte er sich wieder zurückziehen, als sein Blick auf eines der erleuchteten Fenster im nächsttieferen Geschoss fiel. Es war das Zimmer der Madame, das auf den Innenhof hinausging. Sie saß an ihrem Schreibtisch und arbeitete einen Stapel Hefte ab. Interessant, wie nah sie tatsächlich war. Wenn Mathieu sich konzentrierte, konnte er das grobe Zopfmuster auf ihrer gestrickten Stola erkennen, die sie spätestens nachmittags umlegte. In den langen Gängen fror man leicht, wenn man nur dünne Polyesterblusen trug. Bei günstigem Lichteinfall zeichnete sich unter hellem Stoff ein Lingeriehalter ab, ein zartes Spitzenmuster, manchmal auch mehr.

Da betrat Stanley Beaufort die Szene.

Mathieu sah den Schauspieler und Lehrer von hinten und stellte sich vor, wie er die Madame mit der Stimme des Galans ansprach, nicht zu sehr von oben herab, eher britisch zuvorkommend, aber bestimmt. Prompt erhob sich Madame, deren Vorname Vivien manchmal durch Mathieus Gedanken geisterte, und antwortete—

Verwundert zog Mathieu die Augenbrauen hoch. Er hörte sie lachen. Verschämt, amüsiert? Als hätte sie ebenfalls das Fenster offen gelassen. Ihre sonst so aufrechte Haltung bekam den Schwung eines Pinselstrichs, eingefügt vom schmunzelnden Zeichner, der etwas mit seinen Figuren vorhatte.

Eine eisige Böe fegte übers Dach. Mathieu zog den Kopf zwischen die Schultern.

Ein Stockwerk tiefer umrundete Monsieur Beaufort Viviens Schreibtisch. Die Stola rutschte von ihren Schultern auf das offene Heft, ihre Silhouette wandte sich ihm zu—

Mathieu verschlug es den Atem, als der sonst so kühle Brite seinen Mund auf Viviens Lippen presste. Und sie sich an ihn drängte. —

In Mathieu gefror etwas. Gleichzeitig begann sich ein

Knoten in seiner Brust zu lösen, den er bisher kaum gespürt, besser: nach Kräften ignoriert hatte. Mit jedem Knopf ihrer Bluse, der den Widerstand gegen den Monsieur aufgab, atmete Mathieu leichter, energischer.

Wütender.

Dann der Schock – der Stoff öffnete sich unter Stanleys Händen. Zarte Spitze auf weißer Haut, deren Erhebungen plötzlich auch Mathieus Fingerspitzen zum Glühen brachten.

Viviens Finger, die Stanleys Verlangen folgten. Sich in die Falten seiner Hose schoben.

Stanley verharrte.

Mathieus Atem stieg stoßweise in den dunklen Himmel. Schamesröte überflutete ihn. Er hätte das Fenster zuschlagen und verschwinden sollen. Vergessen, was er gerade gesehen hatte. — Was er nun sah.

Mit der anderen Hand öffnete Viviane vorne ihren BH. Wie ausgehungert senkte Stanley seine Lippen auf ihre Brüste, die Mathieu am Dachfenster wie warme, reife Äpfel erschienen. Wie gern hätte auch er danach gegriffen, wie gerne hätte er sie gepflückt – hätte in diesem Moment ihre Hände auf sich spüren wollen, ihre zart forschenden Fingerspitzen. Selbst von hier oben erkannte Mathieu die wachsende Begierde seines Lehrers, seines Widersachers, in ihren Händen. Ungeduldig zerrte Stanley Viviens langen wollenen Rock hoch, der sich so verführerisch um ihre Beine schmiegte, und fuhr mit seiner ganzen Länge zwischen ihre nackten Schenkel, in ihre aufregend-feuchte Höhle.

Es war Mathieu, als würde er ebenfalls mit ganzer Kraft in sie hineingleiten; ihr heißes Fleisch umschloss ihn zärtlich. Auf Mathieus Haut glühten die harten Knospen ihrer Brüste. Mit jedem Stoß kam er der unbekannten Verheißung näher. Sein Seufzen wurde zum Stöhnen, genau wie es sich dort unten aus Stanleys Kehle entrang, gepaart mit ihren entzückenden kleinen Japsern bei jedem seiner Stöße.

Hektisch riss Mathieu sich die Handschuhe herunter, zog und zerrte an seiner Hose, bis er endlich sein Gemächt zu fassen bekam. Kaum konnte er seine Hand schnell genug bewegen, als Stanley unten den Szenenwechsel einleitete.

Kurz glitt er aus Vivien heraus. Gehorsam drehte sie sich um, nur um ihn sofort wieder in sich aufzunehmen.

Die Vorstellung, Vivien von hinten zu nehmen und ihre prallen Backen zu kneten, ließ Mathieus Knie vor Erregung und Anstrengung zittern. Wie Stanley hätte er sich auf ihren Rücken gelegt, sein Glied rhythmisch in sie stoßend, und ihre Brüste massiert. Ihre herrlichen, vollen, göttlich runden Brüste mit der dunkelroten Knospe zwischen seinen Fingern.

Genau wie Monsieur Beaufort es unten tat. Wie er sie mit aller Kraft vögelte.

Wie Mathieu es sich in diesem Moment von ganzem Herzen auch wünschte.

Der Rücken des Lehrers krümmte sich, und auch Mathieu kam. Zuckend entleerte er sich in den Staub des Dachbodens und stellte sich dabei vor, es wäre das wundervolles Nest der Madame, seiner Lehrerin mit den exzellenten Brüsten, die ihm, wie er sich nun eingestehen konnte, das Leben schon länger schwer machten. Die nette, gleichzeitig strenge Madame la Professeur. Er hatte sie geritten.

Endlich.

Unten wurden noch ein paar müde Küsse ausgetauscht und Hefte vom Boden aufgesammelt. Monsieur Beaufort schien zufrieden. Er verabschiedete sich von Viviens Kirschlippen und ihren roten, spitz aufgerichteten Blüten, und fast hätte sie ihn ein zweites Mal zwischen ihre Beine gelockt. Doch er entwand sich ihr schließlich – Mathieu spürte sein Herz schwer werden-, und ging.

Verträumt schloss Viviane erst ihren Spitzen-BH, dann ihre Bluse, legte schließlich die Stola über ihre Schultern und setzte sich wieder an den Schreibtisch.

Später, als das Licht schon gelöscht worden war und Pierre auf der anderen Seite des Raumes schnarchte, versuchte Mathieu, sich jedes Detail ins Gedächtnis zu rufen. Texturen, Gefühle und Farben kamen zurück und machten ihn seliger denn je. Mehrmals bestieg er Vivien in seinen Träumen, bis sie seinen Namen schrie.

Erst nach Mitternacht schlief er erschöpft ein.

*

Monsieur Beaufort und Madame waren zufrieden mit Mathieus Vorschlag, das Gedicht „Erste Liebe" von Marceline Desbordes-Valmore bei der Semesterfeier zu rezitieren. Mathieu wagte es kaum, Vivien anzuschauen, so sehr brannten die Bilder des vergangenen Abends in ihm. Ihr schienen seine roten Wangen zu gefallen, denn sie lächelte lieblich und brachte ihn ein ums andere Mal dazu, den Blick auf sie zu richten. Wäre Monsieur Beaufort nicht da gewesen ...

In den nächsten Tagen studierte Mathieu Strophe um Strophe und hätte am liebsten Wort für Wort angepasst an das, was in ihm wühlte:

> Ob sie noch denkt an jene herbe Blüte,
> Die bang und züchtig einst vor ihr erschien?
> Er fühlte in noch kindlichem Gemüte,
> Dass er doch nur geschaffen war für sie ...

Während der Tanzklassen bereitete ihm seine innere Unruhe anfangs viel Mühe. Sie schwächte seine Konzentration und seine Glieder bis auf eines; mehr als einmal hätte er sich am liebsten das Suspensorium, den bespöttelten Eierquetscher von den Lenden gerissen, um sich endlich frei zu fühlen. In seiner Verzweiflung packte er beim Pas de deux fester zu, bis Valerie, seine Tanzpartnerin, aufschrie: „Mathieu, was hast du heute Morgen gefrühstückt? Mäßige dich!"

Die anderen lachten; Mathieu schmunzelte verlegen. Beim nächsten Durchgang ging er vorsichtiger zur Sache, und am Ende der Klasse schwebte Valerie auf seinen breiten Schultern wie eine Elfe durch den Saal. Es gab sogar Applaus, Madame Lefèvre war überraschenderweise sehr zufrieden mit ihm.

Der Stoff seiner Hose gab nach. Mathieus Schritte wurden endlich wieder weicher und freier. Ein paar Tage später gelang ihm plötzlich das Carroussel, eine Folge von Grand jetés, bei dem er nach einer Runde bisher stets aus dem Tritt gekommen war. Was passierte mit ihm? Das war doch nicht die Kraft der Lyrik! – Natürlich war sie es nicht.

Mathieu erwachte; es war hoch an der Zeit.

Es war ebenfalls Zeit, die Stunden der Madame wieder zu besuchen.

Eine Woche war er dem freiwilligen Sprachunterricht fern geblieben, weil allein der Gedanke an Viviens Blusen seine Knie weich werden ließ. Dann, am Dienstag, nahm er sich des Nachmittags ein Herz und setzte sich wieder an seinen Platz in der dritten Reihe neben Carlos, im Hals schon das Kratzen der harten Konsonanten, tief in ihm erwartungsvolle Erregung.

Vivien kam herein. Hitze durchflutete Mathieu, einmal mehr wurde es ihm eng zumute. Die Enden ihres Chiffonschals ruhten lose auf ihrem sanft eingerahmten, feinen Dekolleté. Wenn sie einatmete, hob und senkte es sich unter dem dünnen Pullover. Der Anblick allein versetzte Mathieu in Entzücken. Seine Hände zitterten beim Umblättern der Lehrbuchseiten und hinterließen feuchte Stellen an den Ecken. Seine Antworten stammelte er und baute allerlei dumme Fehler ein. Doch statt ihn streng zu korrigieren, entschuldigte Vivien seine Tollpatschigkeit mit einem Lächeln. „Ihr seid heute schon lang auf den Beinen, nicht wahr?", sagte sie auf Französisch und schnurrte das harte r in der Kehle wie eine Katze.

Mathieu erschauderte wohlig. Bis zum Ende der Stunde hing er nicht nur an ihren Lippen. Jedes Mal, wenn sie sich abwandte, kam ihm die Szene mit Monsieur Beaufort in Erinnerung. Wäre er mit Vivien allein gewesen, nichts hätte ihn davon abgehalten, sie von hinten zu umfassen und seinen ungeduldigen Leib an sie zu pressen …

Zwei Tanznoten konnte er in den vier Wochen bis zu den Weihnachtsferien nach oben korrigieren. Monsieur Beaufort zeigte britische Begeisterung, murmelte „not bad, keep going" und nickte ihm beim Gehen aufmunternd zu. Fast wie ein Komplize, als wüsste er genau, dass Mathieus Wandlung nichts mit Liebesgedichten zu tun hatte.

*

Es klopfte.

Vivien hatte sich schon zum Schlafen hingelegt, um am nächsten Tag fit für die Autofahrt nach Rouen zu sein. Stanley und sie wollten sich zwar am Steuer abwechseln, aber es war noch mehr Schnee angekündigt. Wer wusste, wie lang sie letztendlich unterwegs sein würden ...

Wieder das Klopfen.

Seufzend rollte sie sich aus dem Bett, wickelte sich in ihren vom Duschen feuchten Bademantel und tappte barfüßig in das kleine Arbeitszimmer. Schlaftrunken drehte sie den Schlüssel und öffnete die Tür zum Flur.

„Mathieu! Ist was passiert?" Wie groß sich seine Silhouette im Schein des Notlichts abhob.

„Ich habe Monsieur Beaufort unten im Hof getroffen und soll Ihnen etwas ausrichten", sagte Mathieu zurückhaltend. „Etwas mit den Reifen. Er fährt den Wagen zur Werkstatt." Die letzten Schneeflocken schmolzen auf seinem Mantel, ein auf schmale Hüften zugeschnittenes Modell, das seine breiten Schultern betonte.

„Mist", murmelte Vivien. „Danke, Mathieu. Gute Nacht."

Der Schüler rührte sich nicht.

In ihr Schweigen mischten sich die Geräusche eines Hauses, das die Nacht erwartete. Der Blick aus seinen hellgrauen Augen ruhte wie all die vergangenen Nachmittage auf ihr, in denen er sich durch ihren Unterricht gestottert hatte. Hier, an ihrer Tür, schien seine Unsicherheit plötzlich verschwunden. Vielleicht würde er auch jetzt stottern und erröten, während seine nervösen Hände nach Halt tasteten. Zum Beispiel nach den Unterlagen, die ihr letztens im Türstock entglitten waren, auf ihrem Weg aus dem Klassenzimmer. Die Schüler hatten bereits nach dem Läuten das Weite gesucht; ein Federmäppchen war in den hinteren Reihen vergessen worden. – Gedanklich schon beim Korrigieren der Arbeiten, hatte Vivien sich langsam hinausgeschoben, als plötzlich jemand in sie hineinrannte. Ihre Tasche rutschte ihr aus der Hand und öffnete sich im Fall. Papiere flatterten zu Boden.

Mathieu – niemand anders war mit ihr zusammengestoßen–, bückte sich rasch, raffte Hefte und Zettel zusammen und schoss wieder hoch. „Bitte entschuldigen Sie, Madame", sagte er und errötete tief.

Vivien nahm den wilden Stapel. Heiß waren seine Finger bei den zufälligen Berührungen gewesen, den er einen Herzschlag länger als nötig festhielt. Heiß und angenehm. Ihre Haut hatte begonnen zu kribbeln, ganz anders als bei Stanleys Berührungen.

Dann, als wäre es ein Reflex, hatten sich seine Finger bewegt, vielleicht einen Millimeter, den sie über ihre Finger strichen. Und noch einmal. Vivien starrte in sein junges Gesicht, sah die Bitte in seinen Augen, für die er sich zu schämen schien; dann glitt der Stapel in ihre Hand, seine Hand jedoch über ihren Arm zum Ellenbogen – als wollte er sie verspätet auffangen. Ihr näher sein.

Ohne sie aus den Augen zu lassen, hatte er sich noch nach ihrer Tasche gebückt, die Hand an ihrem Ellbogen, hatte sich diesmal langsamer erhoben, dicht vor ihr. Sein Atem streifte ihr Gesicht ...

„Danke, Mathieu." Sie nahm die Tasche aus seiner schwitzigen Hand, schob sich bedauernd seitlich in den Flur und ging. Nicht umdrehen, nicht rennen, einfach weggehen und nicht daran denken, dass ihr Herz heftig klopfte ...

... Irgendwo fiel eine Tür ins Schloss. Die Luft bewegte sich und trug seinen herben Geruch zu ihr.

Himmel. Er duftete nach einer Mischung aus Seife, frischem Schweiß, der sich unter den Kleiderschichten gebildet hatte, und Schnee. Wie an diesem einen Nachmittag.

Das feurige Knistern flackerte wieder auf. Fast magisch wirkten seine Augen auf sie; von ganz allein schob sie sich an ihn heran. Näherte sich seinem jugendlichen Gesicht mit den grauen Augen; auf seinen Wangen zeigten sich die ersten schwarzen Stoppeln. Schmerzhaft spürte Vivien sich selbst, ihre harten Brustwarzen, die gegen den Stoff des Bademantels drückten. Das erwachende, verbotene Prickeln zwischen ihren Beinen. Der Wunsch, seine feingliedrigen Hände mit den kräftigen Fingern dorthin zu führen. Wie viel Schuld lud sie mit einem Kuss zum Jahresabschluss, gehaucht auf seine Wange, auf sich? Leicht erhob sie sich auf die Fußballen zu ihm, der sie überragte – im letzten Moment wandte er ihr den Kopf zu. Ihre Lippen berührten sich, dazwischen ihre Frage, so schüchtern wie der sich öffnende Blütenkelch in der Morgensonne – und er antwortete. Zaghaft, zaudernd. Dann forscher, fordernder.

Seine Hände glitten zu ihren Hüften.

Langsam folgte er ihr in ihr Arbeitszimmer, ihre Münder untrennbar verschmolzen,

die Tür schloss sich hinter ihnen. Seine Hände suchten und fanden ihre Brüste, massierten die Perlen sanft, die sich unter seiner Berührung versteiften. Seine Arme pressten sie an seine erwachende Männlichkeit, befeuerten das Kitzeln in Vivien.

Himmel. Was würde sie entdecken, wenn–? Nestelnd öffnete sie seine Hose, griff hinein. Weiche Haut umschloss sein hartes Glied, eingesperrt zwischen Stoffschichten.

Mathieu hob Vivien auf seine noch bekleideten Hüften, ohne dass seine Lippen von ihr ließen, trug sie hinüber in den anderen Raum. Seine Armmuskeln spannten sich unter ihren zitternden Händen. Küssend legte er sie auf das wartende Bett und ließ zu, dass sie ihn auszog – und endlich seine Hände zu ihrer Mitte führte. Mit kühlen Fingern ertastete er weiches Haar, erwartungsvolle Feuchte, ließ behutsam seine Fingerspitzen in sie hineingleiten. Spürte und tastete ihre Weichheit, während sie ihre Hände an ihm spielen ließ, bis er steif und groß darin lag. Behutsam legte sie seine Hände auf ihre Brüste. Keinen Atemzug später schob er seinen Pfahl tief in ihre feuchte Weiblichkeit hinein. Erschrocken und wolllüstig zugleich nahm sie ihn in seiner ganzen Größe auf, ließ sich von ihm ausfüllen, genoss jedes Gleiten, jeden Schub, jedes Anstoßen in ihrer Tiefe.

Er war so gewaltig. So stark. So männlich.

Zitternd bewegten sie sich aufeinander, ihre Körper hitzig ineinander verschlungen, als hätten sie nur auf diesen einen Moment hingearbeitet. Mathieus Muskeln glänzten im Rhythmus des Aktes, und Vivien öffnete sich ihm, seinem Stab, seiner Zunge, seiner Schönheit. Es war sein Pas de deux – sie seine erwählte Partnerin.

Hektische Zuckungen überkamen ihn. Noch einmal grub er sich tief in sie hinein und entzündete ein kribbelndes, alles verzehrendes Feuerwerk in ihr; ein atemloser Schrei entkam ihr, als er sich zuckend in sie ergoss.

Dann glitt er neben sie. In ihrem Arm zusammengerollt, nun ein Mann, den sie bereitwillig in ihrem Schoß empfangen hatte.

Als ein paar Stunden später Stanley klopfte, wartete sie frisch geduscht und angezogen auf ihn. Nichts erinnerte an das, was hier in der Nacht geschehen war. Und während Mathieu verträumt mit dem Zug zu seiner Familie fuhr, rollte Stanleys reparierter Kleinwagen nach Rouen, die nachdenkliche Vivien auf dem Beifahrersitz.

*

„Entschuldigung, Madame—"

Vivien hob den Kopf. Im Gegenlicht war nur die hagere Figur des Sprechers zu erkennen, die Stimme klang gänzlich unbekannt.

Zunächst.

„Stanley?" Erschrocken und erfreut zugleich erhob sie sich. Sie küsste seine stoppeligen Wangen und lud ihn zu sich an den Tisch ein. „Ich wusste gar nicht, dass du auch da bist", versuchte sie, ihre Verlegenheit zu überspielen.

„Erst sah es auch so aus, als ob ich nicht kommen könnte.

Aber dann ließ es sich doch einrichten." Er winkte der Kellnerin und bestellte einen Kaffee. „Nächste Woche hat mein neues Stück Premiere. Du kannst dir vorstellen, wie mein Intendant im Dreieck gesprungen ist, als ich ihm sagte, dass ich für ein paar Tage in den Norden fahre."

„Stehst du auch auf der Bühne?" Vivien musterte ihn. Noch immer machte er aus jeder Kleinigkeit eine Show wie jetzt, als die Kellnerin seinen Kaffee brachte und er ihr jovial erlaubte, ein Selfie mit ihm zu schießen, bevor sie wieder verschwand.

„Na ja, die ganze Welt ist eine Bühne", meinte er schelmisch. „Willst du auch ein Foto?"

„Nein."

Sie lächelten sich an. Er nahm ihre Hand. „Wirklich schön, dich wiederzusehen."

„Du bist der Einzige, der mich gleich erkannt hat." Ihr Arm schloss den ganzen Saal ein, in dem ehemalige Schüler und Lehrer der Schule in Gruppen an Tischen saßen und sich mehr oder weniger ausgelassen über die guten alten Zeiten unterhielten.

„Ich würde dich unter Hunderten erkennen. Ach was, unter Tausenden." Behutsam führte er ihre Hand an seine Lippen und küsste sie.

„Nachdem du dich um alle anderen Frauen gekümmert hast", ergänzte sie trocken.

Sachte Röte überzog seine Wangen. „Da hast du wohl recht."

„Wie geht es Nathalie?" Ihr Schwenk auf seine letzte Lebensgefährtin, die sie noch hatte kennenlernen dürfen, war nicht sonderlich elegant, was prompt von Stanley bestätigt wurde. Zudem war Nathalie seit ein paar Wochen Geschichte und der Platz an seiner Seite quasi vakant. Ob sie eventuell, wegen der guten, alten Zeiten ...?

Vivien lehnte dankend ab.

Er ließ ihre Hand los. „Bist du gerade in einer Beziehung?" Klar, dass Stanley fragte.

„Zur Zeit nicht." Vivien dachte an David, von dem sie sich im letzten Herbst hatte scheiden lassen. Und an Laura, ihre erwachsene Tochter, mit der sie sich übermorgen treffen würde.

„Keine Beziehung? Nicht mal ein Techtelmechtel?" In Stanleys Kopf gab es feste Vorstellungen, wie das Leben funktionierte. Frauen ohne Partner, egal welchen Geschlechts, kamen darin nicht vor. „Ich werde nie verstehen, wie du so leben kannst."

Vivien zuckte mit den Schultern. „Mir gefällt es so. Ich brauche nichts von Dauer. Habe ich nie gewollt. Eigentlich."

Kopfschüttelnd maß Stanley sie von oben bis unten. „Ich werde dich nie verstehen", wiederholte er. „Aber was steckt dahinter? Was willst du wirklich?"

Da war er wieder, der Hobby-Psychologe auf der Suche nach gutem Bühnenstoff – der Hauptgrund, warum sie ihn schon nach einem halben Jahr in Rouen verlassen hatte. Die Muse eines Regisseurs zu sein, die sich mit Sprachunterricht über Wasser hielt, war nur so lang romantisch, bis der Meister sein „Kunstobjekt" mit aller Macht zu verändern versuchte. Anfangs hatte sie sich ihm demütig ergeben, aus dem schlechten Gewissen heraus, einen anderen, jüngeren, kostbareren Menschen mit ihrer spontanen Kündigung vielleicht in tiefe Verzweiflung gestürzt zu haben. Doch kein Jahr später hatte sie die Zeitung aufgeschlagen und die erste Ankündigung entdeckt. Klein, aber fein hatte man sie am Rand des Kulturteils platziert.

Vivien war nicht zur Performance gegangen, sondern hatte ihre Sachen gepackt und war zu einer Bekannten gezogen.

„Was willst du?", hatte Stanley schon damals gefragt. Ob sie die einzige Frau geblieben war, die ihn abserviert, sein Ego infrage gestellt hatte?

„Was will ich wirklich", sinnierte sie nun. Die richtige Antwort lautete: meine Freiheit, und das hatte sie ihm bei jedem Treffen wieder und wieder gesagt. Aber in der Hinsicht litt Stanley an Demenz.

Im Hintergrund entstand Unruhe. Weitere Gäste trafen ein, an den Tischen erhoben sich manche und beeilten sich, zum Eingang zu kommen, etliche verließen bereits den Saal.

„Unsere Celebritys sind angekommen", rief jemand. Dunkel erinnerte sich Vivien an seinen Namen: Pierre. Er hatte die letzten 20 Jahre sichtlich genossen, was aber nicht öffentlich in Erscheinung getreten, soweit sie wusste.

„Wer soll das denn sein?", fragte sie mit sanftem Spott. „Der auferstandene Sonnenkönig persönlich?"

„Ts", machte Stanley missbilligend und schob seinen Stuhl zurück. „Komm mit, dann siehst du es." Mit ihm verließen die letzten Gäste den Saal. Vivien blieb als Einzige sitzen. Sie lehnte sich zurück und bestellte sich noch einen

Kaffee. Typisch Künstler! Entweder lieferten sie wie Stanley ihre Standard-Show ab oder drängten sich, wenn sie es nicht ins Rampenlicht geschafft hatten, im Abglanz der eifersüchtig beneideten Kollegen. Hauptsache Show!

„Ihr Kaffee, Madame."

Vivien hielt die Luft an. Die Stimme, die hinter ihr gerade in perfektem Deutsch gesprochen hatte, war weder die der Kellnerin noch die ihrer beiden männlichen Kollegen. Die sprachen nämlich alle drei nur den abenteuerlichen Dialekt der Bretagne.

Eine schlanke Hand platzierte geschickt die Kaffeetasse vor ihr auf dem Tisch.

Sie drehte sich um.

„Hallo, Vivi", sagte Mathieu und lachte übermütig.

Oh, dachte sie erschrocken.

„Wie schön, dich zu sehen. Darf ich?" Er deutete auf Stanleys Stuhl. Vivien konnte nicht einmal nicken.

„Was für eine Überraschung", brachte sie schließlich hervor.

„Freust du dich?" Er nahm die Brille mit dem dicken Rahmen ab. „Ich freue mich sehr."

„Wann hast du so gut Deutsch gelernt?", fragte sie.

„Nachdem du weg warst." Seine Hände schoben die Brille auf dem Tisch herum. „Ich wollte dir eine Freude machen, wenn wir uns wiedersehen." Die Journaille hatte ausnahmsweise nicht übertrieben – seine hellgrauen Augen hatten über die Jahre nichts von ihrer Intensität verloren. Ein zarter Kranz aus Lachfältchen umrahmte sie, seine früher so weichen Züge waren kantiger, erwachsen geworden.

Weil ihr nichts anderes einfiel, deutete sie auf die Brille. „Brauchst du die wirklich?"

Er klappte die Bügel auf und wieder zu. „Nur privat. Wenn ich nicht gesehen werden will."

Wie verrückt das aus seinem Mund klang, dachte Vivien. Andererseits hatten ihn inzwischen so viele Menschen auf den Bühnen der ganzen Welt gesehen, dass der Wunsch nach Privatleben nachvollziehbar war.

„Kannst du besser Französisch als früher?", fragte er beiläufig.

Sie grinste. „Nein. Eigentlich nicht. Die Franzosen reden trotzdem mit mir. Wahrscheinlich aus Mitleid."

Aufgeregte Stimmen drangen aus dem Vorraum herein und entfernten sich wieder.

„Ich glaube, sie suchen dich", sagte sie.

Mathieu winkte ab. Einige Sekunden verstrichen, in denen die Hitze Viviens und Mathieus Wangen rötete. Wie vor 20 Jahren an der Tür zu ihrem Arbeitszimmer ...

Vivien gab sich einen Ruck. „Warst du sehr traurig?"

„Anfangs." Sein Blick wurde unstet. Dann legte er seine Brille zur Seite und nahm ihre Hände. „Ich habe es nie bereut. *Jamais.*"

„*Jamais*", flüsterte sie.

Eine Weile schauten sie sich an, dann rückten sie näher zusammen. Küssten die Finger des anderen, lehnten die Köpfe aneinander, sogen Duft und Atem der Vergangenheit ein. Mathieus Nasenspitze streifte ihre Wange.

Sie küssten sich, als wäre es der nächste Tag in dem kleinen Schlafzimmer, und es duftete wieder nach ihm und ihr und ihrer Liebe.

Wieder näherten sich aufgeregte Stimmen von draußen. Die Menge hatte eingesehen, dass nur Didier aufgetaucht war, und er sollte nun verköstigt werden, damit er nicht gleich wieder abhaute.

Mathieu löste seine Hände von ihren und setzte seine Brille wieder auf. „Bist du allein hier?" Er stand auf und schob seinen Stuhl an den Tisch.

„Ja." Die Frage überrumpelte Vivien.

„Möchtest du mein Zimmer sehen?" Seine Augen glänzten hinter den Brillengläsern.

Vivien zögerte. „Warum?"

Mathieu schwieg.

Ihr kam ein Gedanke. „Möchtest du mir deine Briefmarkensammlung zeigen?"

Kurz zeigte sich eine nachdenkliche Falte auf der Stirn. „Meine Briefmarkensammlung? Ist das was Deutsches?" Seine Zunge hatte das lange Wort zusammengestolpert. Wie früher.

„Etwas sehr Deutsches", bestätigte sie ernst.

Mathieu grinste. „Dann sehr gerne. Nach Ihnen, Madame la professeur." Gespielt jovial verbeugte er sich und ließ ihr den Vortritt durch den hinteren Saalzugang.

Niemand der Zurückkehrenden bemerkte das Ausschwingen der Klapptür, durch die sie verschwunden waren.

La Prunelle

Am Dienstag passte nichts mehr in den Briefkasten der Nachbarwohnung. Unschön, zumal Oscar daran schuld war. Er hatte sechs Tage hintereinander Supermarktprospekte aus seinem Postfach in die anderen Fächer gestopft. Und wie es aussah, war er dabei nicht besonders wählerisch gewesen. Nun quoll der Briefkasten von „M. Canard" über. – Unschlüssig schaute er nach den anderen Postfächern, schob die dünne Broschüre zwei Reihen tiefer durch den Schlitz und ging zum Aufzug.

Sein Feierabend verlief wie immer: Im Kühlschrank wartete ein Bier auf ihn, daneben das Abendessen, das er morgens vorbereitet hatte. Er stellte den Teller in die Mikrowelle, wartete auf das Klingeln, nahm mit einer geschmeidigen Bewegung den Teller heraus und schaltete gleichzeitig mit der anderen den kleinen roten Röhrenfernseher auf dem Esstisch ein. Den hatte er als Jugendlicher von seiner Tante bekommen, und der war damals schon mindestens zehn Jahre alt gewesen.

Dann ging Oscar schlafen.

Mitten in der Nacht erwachte er von dem unregelmäßigen Rumpeln. Bereits gestern Nacht hatte es sich etwas unbeholfen in seinen Traum gestohlen. Doch jetzt ...

Etwas krachte. Jemand fluchte. – Das war in der Wohnung unter ihm.

Später ging die Toilettenspülung. Danach war Ruhe.

Oscar dämmerte wieder hinüber ins Land der Träume.

*

Am nächsten Abend – der Mittwoch war quasi fast vorbei – steckte wieder ein Prospekt in Oscars Postfach. Sehr, sehr ärgerlich.

Auf halbem Weg zu M. Canards Briefkasten hielt er inne. Auf der Ablage hatte jemand zwei Briefe für den Bewohner hinterlassen; der Briefkasten war nach wie vor gesteckt voll. Oscar erinnerte sich an das Rumpeln aus der unteren Wohnung und das Rauschen der Spülung – und fragte sich, warum M. Canard sich nicht um die Post kümmerte. Jeder andere hätte längst einen wütenden Brief ins Treppenhaus geklebt und den Übeltäter aufgefordert, die Verstopfung des Briefkastens zu unterlassen, mit mindestens drei Ausrufezeichen. – Oscar warf den Prospekt auf die Ablage und ging zum Aufzug.

In seiner Wohnung wurde er von Bier und einem gefrorenen Nudelgericht empfangen, das zwanzig Minuten in der Mikrowelle kreiseln würde. Während der kleine Röhrenfernseher eine politische Nachrichtensendung nach der anderen ausspuckte – es war die Zeit der abendlichen Kommentare, Diskussionsrunden und unvermeidlichen Zusammenfassungen der aktuellen Reality-Shows – klopfte es.

Unter ihm.

Oscar schaute auf den Boden.

Etwas scheppperte. Ebenfalls unter ihm.

Dann ein deutliches: „Merde!"

„Und nun zu den aktuellen Nachrichten", schoss der kleine Fernseher dazwischen.

Oscar schaltete ihn ab und lauschte. Wenn er sich konzentrierte, hörte er gleichmäßiges Scharren und Schniefen. Zwischendurch hektisches Stampfen und Ruhe im Wechsel. – Dem Klang nach ging dieser Jemand etwas unsicher durch die Wohnung. Wie betrunken.

Oscar wohnte seit knapp sechs Monaten hier im siebten Stock. War er M. Canard aus dem sechsten schon persönlich begegnet? Handelte es sich um einen hilfsbedürftigen, alten, isolierten Menschen, den man am Ende des Jahres tot in seiner Wohnung finden würde, halb verwest und aufgefressen von Insekten? – Egal, dachte Oscar, solang ich ruhig schlafen kann.

Er wartete eine Weile. Klopfen und Scharren hielten an.

Sein Nudelgericht brauchte noch zehn Minuten. Das sollte reichen, um unten nach dem Rechten zu sehen.

Todmüde stemmte er sich von seinem wackeligen Küchentisch hoch und tappte die drei Treppenabsätze hinunter.

Klingelte. Wartete.

Von der anderen Seite näherten sich schlurfende Schritte. Die Tür wurde geöffnet; auf Augenhöhe erschien über der gespannten Vorlegekette eine riesige Sonnenbrille. Das Gesicht bestand quasi nur daraus.

„Ja?" Die Frage wurde von einer Person mit trockenen Lippen in Hoodie und Trainingshose gestellt.

„Hallo, Mons–, Mad–" Oscar stockte. „M. Canard, ich bin Oscar Gaubert aus dem siebten Stock. Ich hab Ihr Klopfen gehört und wollte fragen, ob alles in Ordnung ist."

Eine Bewegung hinter der Sonnenbrille. „Klar, alles in Ordnung." Oscar sah sich in den schwarzen Gläsern.

„Eigentlich ..." Die trockenen Lippen bewegten sich kaum. „Ich hab ein Insektenproblem." Hüsteln. „Sie kommen immer nachts raus. Irgendwo in der Wohnung ist ein Nest, aber ich finde es nicht."

„War der Hausmeister schon da?"

„Interessiert ihn nicht", antworteten die Lippen unter der Sonnenbrille rau.

„Haben Sie auch schon tagsüber danach gesucht?", fragte Oscar und kam sich ein wenig dumm vor.

„Ja. Aber vielleicht haben Sie nachts ja mehr Glück."

„Vielleicht", sagte Oscar vage.

Tür zu, Kettenglieder rasselten, die Tür ging wieder auf, die Gestalt trat beiseite. Dahinter ein dunkler Gang, in dem sich die Silhouetten abgestellter Gegenstände abzeichneten. Nirgendwo sonst Licht, nicht mal von den Straßenlaternen; sie waren zu weit unten.

Er tastete nach dem Lichtschalter, betätigte ihn – nichts geschah.

„Die Birne ist kaputt", sagte die Gestalt hinter ihm. „Nur die Schreibtischlampe im Wohnzimmer funktioniert."

Allmählich gewöhnten sich Oscars Augen an die Dunkelheit; vor den hellgrauen Wänden hoben sich nach und nach Umrisse ab. Er arbeitete sich ins Wohnzimmer vor, umrundete die eine oder andere Insel aus Kartons und die undefinierbaren Hügel aus Gegenständen, die hoffentlich auch etwas in Wohnungen zu suchen hatten. Eine Sofalandschaft mit Kissen und Decken stand gleich neben der Wohnzimmertür, daneben besagter Schreibtisch. Oscar fand die Schreibtischlampe und knipste sie an. Im Gegensatz zu allen anderen Ablageflächen war der Schreibtisch erstaunlich leer. Oscar schaute sich um.

Ein dünner Strich aus beweglichen Punkten hielt im

Schein der Schreibtischlampe zielstrebig auf die angrenzende Küchenzeile zu. Startpunkt war anscheinend die Yucca-Palme in einem verstaubten Blumentopf. Selbst in diesem schlechten Licht waren die Bewegungen der Insekten auf der Blumenerde gut zu erkennen.

„Da ist eine Ameisenstraße. Sie kommt von der Fensterbank", sagte er zu der Gestalt im Flur. „Haben Sie eine Plastiktüte?"

Es raschelte eine Weile, bis die Person sich vorsichtig mit den Füßen ins Wohnzimmer tastete. Unsicher blieb sie zwei Schritte von Oscar entfernt stehen und streckte die Hand mit der Tüte in einem seltsamen Winkel aus. Das Licht der Schreibtischlampe spiegelte sich in den schwarzen Gläsern der Sonnenbrille.

Behutsam nahm Oscar die Tüte an sich und stülpte sie über die Yucca-Palme. „Ich werde sie wegwerfen. Brauchen Sie den Blumentopf noch?"

„Ja", sagte die Gestalt. „Sie können ihn vor die Tür stellen."

Oscar sprach zum ersten Mal mit einem Schatten, der in der Dunkelheit eine Sonnenbrille trug.

„Falls ich noch was für Sie tun kann–"

„Nein", blockte die Gestalt ihn ab. „Das war alles."

Stille. Und plötzlich, als wäre es ihr wieder in den Sinn gekommen: „Danke." Etwas Weiches, Helles schwang in der rauen Stimme mit.

„Also dann", meinte Oscar. Vorsichtig ging er an ihr vorbei; sie verharrte stocksteif und schien seine Schritte mit allen Sinnesorganen – außer den Augen – zu verfolgen.

„Zur Tür geht es in die andere Richtung", sagte die Gestalt.

„Ich mache noch die Lampe aus. Den Topf stelle ich nachher vor die Tür."

„Danke. – Gute Nacht."

„Gute Nacht."

Behutsam, fast schon fürsorglich drückte er auf den kleinen Knopf am Lampenkabel und verließ die Wohnung.

Nach der Finsternis in der zugestellten Wohnung gleißte die Beleuchtung im Treppenhaus regelrecht . Jeder seiner Schritte hallte viel zu laut in alle Richtungen. Es hätte Oscar nicht gewundert, wenn eine der vielen gesichtslosen Wohnungstüren aufgegangen und ein Bewohner ihn wütend angezischt hätte.

Unten warf Oscar den ausgetrockneten Stamm der Palme in den Gemeinschaftskompostierer der Wohnanlage. Die Erde mit den Ameisen verstreute er auf dem Rasen vor dem Wohnblock; sollte ihn der Hausmeister ruhig deswegen verwarnen! Dieses Viertel konnte ein bisschen mehr Artenvielfalt vertragen. Im Schein der Außenbeleuchtung sah er die winzigen Tiere verstört herumkriechen. Vielleicht dachten sie, die Sonne wäre kurz nach Mitternacht plötzlich wieder aufgegangen.

Unten bei den Briefkästen lagen immer noch die Briefe an M. Canard. Oscar nahm sie mit nach oben, um sie im sechsten Stock neben den Blumentopf zu stellen. Dann klingelte er doch.

Diesmal ging die Tür schneller auf. „Was denn?" Die Stimme war nun rau, müde und genervt.

„Unten lag Post für Sie. Sie hat nicht mehr in den Briefkasten gepasst."

„Geben Sie her." Die Gestalt streckte die Hand durch den Türspalt.

Oscar legte die Briefumschläge hinein. „Gute Nacht noch mal."

„Nacht."

Die Tür knallte ins Schloss.

„Ist hier endlich mal Ruhe!", brüllte jemand von unten.

*

Lange konnte Oscar nicht einschlafen. Gegen halb drei fielen ihm schließlich die Augen zu, doch eine Minute vor dem Weckerklingeln war er wieder wach. Unruhe erfasste ihn, obwohl er heute und morgen frei hatte; statt seine Überstunden damit abzubauen, dass er sich ausschlief und später zum Ausspannen aufs Land fuhr, stand er wie gewohnt auf und machte sich fertig.

„Was wollen Sie denn schon wieder?", fragte die raue Stimme im Türspalt unwirsch. Lange, vom Schlafen verworrene Haare umstanden das Gesicht mit der großen Sonnenbrille wie eine dunkle Korona; die Kapuze des Hoodies war zurückgerutscht.

„Ist alles in Ordnung?", fragte Oscar und kam sich dumm vor.

„Klar. Die Ameisen sind ja jetzt weg. Haben Sie den Blumentopf zurückgebracht?"

„Er steht neben der Tür. Hier ist er." Eilfertig bückte Oscar sich und hob ihn hoch. Natürlich war er zu breit für den Spalt.

Seufzen. Sehr hell. Ungeduldig. „Warten Sie." Tür zu, wieder das Kettenrasseln, Tür auf. Haarscharf glitt die

Hand am Topf vorbei.

Befangenes Schweigen.

Magenknurren.

„Wir könnten zusammen frühstücken", meinte Oscar.

„Warum?"

„Weil man den Tag am besten mit Croissants und Milchkaffee beginnt." Aus unerfindlichen Gründen kam ihm der Supermarktprospekt in den Sinn. „Und danach können wir einen Ameisenköder kaufen. Für alle Fälle."

Statt zu antworten, ergriff die Hand den Blumentopf und stellte ihn innen neben der Tür ab. „Fein. Gehen wir." Die andere Hand holte eine Umhängetasche hinter der Tür hervor. Beim Absperren rasselte der Schlüssel im Schloss.

„Ich heiße übrigens Manon", sagte sie plötzlich. „Und Sie?"

„Oscar", antwortete Oscar verblüfft. „Wohin wollen wir gehen?"

„Ich dachte, Sie hätten sich schon etwas überlegt." Manons Mund verzog sich zu einem kleinen Lächeln, und auch die schwarzen Brillengläser schienen zu schmunzeln.

„Ich hatte eigentlich mit einer Absage gerechnet", gestand Oscar.

In aller Ruhe brachte Manon ihre Haare mit den Fingern in Ordnung. „Dann tut es mir leid, dass ich Sie so eiskalt erwischt habe. Nehmen wir den Aufzug?" So wie alle ihre Bewegungen um ein Haar ihr Ziel verfehlten, sprach sie nun an Oscar vorbei.

„Klar, gerne." Aus einem Impuls heraus bot er ihr seinen Arm. Ungeschickt schlug sie ihren Ellenbogen gegen seinen, zwar nur leicht, aber wieder so, als hätte sie Schwie rigkeiten, die Richtung genau zu bestimmen. „Entschuldigung. Ich sehe derzeit nicht besonders scharf, dafür aber alles doppelt." Sie schaffte es, ihren Arm in seinen zu hängen, nicht zu vertrauensvoll, aber auch nicht so steif, wie Oscar es bei Fremden angenommen hätte. Eingehängt fuhren sie im Aufzug hinunter, verließen im langsamen Gleichschritt das Haus. Weil es noch recht früh am Morgen war, kamen ihnen beständig Leute entgegen; sie hasteten zur Metro, zu ihren Autos, hinter ihren Kindern her. Platz machten sie nur, wenn sie merkten, dass das entgegenkommende Paar nicht ausweichen würde. Je öfter es geschah, desto enger rückte Manon an Oscar heran.

Pierres Epicerie, in einer Seitenstraße gelegen, hatte seit einer halben Stunde geöffnet. Auf Manons Wunsch hin setzten sie sich nicht zu den anderen Gästen ins Straßencafé; zu grelles Licht tat ihren Augen momentan weh, erklärte sie. Oscar holte bei Pierre an der Theke Milchkaffee und frische Croissants.

Pierre nickte in Manons Richtung. „Neue Freundin?"

„Eine Nachbarin", zischte Oscar. „Wieso muss jede Frau gleich meine neue Freundin sein?"

„Nötig hättest du's", gab Pierre grinsend zurück.

„Connard." Oscar nahm das Tablett mit dem Essen und balancierte es zum Tisch hinüber. Damit kein Unglück geschah, platzierte er alles so, dass Manon ohne Probleme danach greifen konnte.

„Wieso sehen Sie eigentlich alles doppelt?", fragte er und setzte sich.

„Wollen Sie jetzt meine Krankengeschichte hören?", entgegnete Manon und nahm sich ein Croissant aus dem Körbchen. Im zweiten Anlauf landete es auf ihrem Teller.

„Wenn Sie sie erzählen möchten, gern. – Zucker?" Er schob ihr die Zuckerdose hin. Dann fiel ihm ein, dass auch dieses Unterfangen schwierig sein könnte. „Wie viele Löffel nehmen Sie? Ich helfe Ihnen."

Manon lachte. „Danke. Ich glaube, ich kriege das hin." Langsam griff sie nach ihrer Sonnenbrille und zog sie von der Nase. Sie hatte die Augen geschlossen. Als sie sie jetzt vorsichtig öffnete, erschrak Oscar etwas. Die Pupille des linken Auges war seltsam unförmig, die Iris heller als im rechten. – Sie kniff das linke Auge zu. So fand jedes Zuckerkörnchen den Weg in den Milchschaum. „Na, immerhin." Langsam steckte sie die Sonnenbrille in ihre Umhängetasche. „Ich hoffe, es ist in Ordnung, wenn ich sie abnehme."

„Klar", sagte Oscar schnell und senkte den Blick.

„Der Glaskörper wurde letzten Donnerstag entfernt und durch eine Gasblase ersetzt", meinte sie beiläufig. „Die Linse musste auch ausgetauscht werden. Seitdem sehe ich doppelt." Mit einer Hand hielt Manon sich das linke Auge zu, mit der anderen nahm sie zielsicher das Croissant und tauchte es in ihren Kaffee. „Und heute Nachmittag wird die Linse im anderen Auge ersetzt. Dann sollte ich wieder problemlos geradeaus laufen können. Und scharf sehen." Genüsslich biss sie vom Croissant ab, ohne Oscar aus den Augen – besonders aus dem rechten – zu lassen. Als sie hinuntergeschluckt hatte, fragte sie: „Und was haben Sie heute noch vor?"

Oscar zuckte mit den Schultern. „Überstunden abfeiern.

Aber ohne dass etwas an mir ausgetauscht wird."

„Hört sich gut an." Sie lächelte. „Und was genau machen Sie?"

„Ich begleite Sie in die Klinik", rutschte es ihm heraus.

Überrascht zog sie die Augenbrauen hoch.

„Morgen kann ich immer noch alleine aufs Land fahren", schob er schnell nach. Nicht, dass sie ihn für einen Spinner hielt.

„Gut", meinte sie nach einer Weile. „Wenn Sie ekelige Plastiksitze mögen, warum nicht. Mein Termin ist um dreizehn Uhr. Ab acht muss ich nüchtern bleiben."

„Na dann." Er schob ihr den Korb mit den Croissants hin. Sie lachten.

„Jetzt müssten wir uns eigentlich über so langweilige Sachen wie Beruf und Familie unterhalten", meinte Oscar.

„Dann tun wir das doch", antwortete Manon.

*

Oscar schaute auf die Uhr. Es war kurz nach drei. Wenn alles normal verlaufen war, müsste sie gleich aus dem OP-Bereich kommen.

Verrückt, hier zu sitzen und auf eine vollkommen Fremde zu warten, statt draußen am Weiher in der Sonne zu liegen, ein Bier zu zischen und mit Guy und Fabrice bis Sonntagabend über das Leben zu philosophieren. Und die Frauen natürlich. Und dass sie eines Tages auf einem Frachter anheuern und über den Atlantik fahren würden, wie richtige Kerle das eben taten.

Stattdessen würde er nun mindestens bis morgen bei Manon sein, deren Nachname übrigens nicht Canard war.

Und die Wohnung war auch nicht ihre, sondern eine nicht ganz astreine AirBnB-Vermietung, hatte sie ihm erzählt. Deshalb hatte sie wegen der Ameisen auch nicht den Hausmeister geholt und vorgegeben, dass es ihm egal gewesen wäre.

Alles andere war eher beiläufig an ihm vorbeigezogen – wo sie wohnte, welchen Job sie hatte, warum sie die OPs ausgerechnet hier durchführen ließ, auch der Kauf des Ameisenköders war wie nebenbei geschehen. Weil Oskar sich die ganze Zeit fragte, warum er das alles tat. Bereits morgen würde er Manon zum Zug bringen und ihr zum ersten und letzten Mal nachwinken. Vielleicht winkte sie sogar zurück ...

Die schmale Tür mit der Aufschrift „OP-Bereich" öffnete sich. Da war Manon, diesmal am Arm einer OP-Schwester. Über ihrem rechten Auge klebte eine durchsichtige Augenklappe. Erleichtert stand Oscar auf und ging ihr entgegen.

„Da haben Sie Ihre süße Freundin wieder", sagte die OP-Schwester und legte Manons Arm um seinen. „Sie ist eigentlich noch zu jung für solche Operationen. Passen Sie gut auf sie auf, ja? Dann kann sie sich auch im Alter noch an Ihrem Anblick erfreuen."

Überrumpelt von der Ansprache, nickte Oscar und stammelte etwas von „natürlich, klar, versteht sich" und ließ sich die Anwendung der Tropfen, die Manon nehmen musste, sogar zweimal von der Schwester erklären. Manon kicherte derweil ununterbrochen, weil das Beruhigungsmittel noch ein paar Stunden anhielt, und blieb nur mit Mühe auf den Beinen.

Ein Taxi brachte sie zurück zu seiner Adresse. Wie selbstverständlich bezahlte Oscar die Fahrt, was Manon ein paar verwaschene Sätze entlockte, die der Taxifahrer stoisch hinnahm.

Weil Manon sich allein in der widerrechtlich angemieteten Ferienwohnung den Hals gebrochen hätte, legte Oscar dort nur den Ameisenköder aus und nahm sie und ihre Sachen mit zu sich in den siebten Stock. Kurz darauf schnurr-schnarchte Manon auf seiner Couch. Nachdenklich betrachtete Oscar sie, wie sie so entspannt dalag und schlief, als wäre alles in bester Ordnung und er kein Fremder. Viel zu schnell war sie von der misstrauischen Unbekannten zur zutraulichen Manon geworden und hatte die Verantwortung für sich in seine Hände gelegt. – Nun, jedenfalls für ein paar Stunden. Ob sie sonst auch so leichtfertig war?

Die halbe Stunde bis zur nächsten Tropfengabe verstrich rascher als erwartet. Oscar unterbrach seine Betrachtungen mit leisem Bedauern und versuchte, Manon so sanft wie möglich zu wecken. Zum Glück – oder leider? – schlug sie sofort die Augen auf, als er sie ansprach. Anscheinend war ihr Schlaf nicht so tief gewesen, wie er sich angehört hatte. – Brav setzte sie sich auf, legte den Kopf auf die Couchlehne, zog das untere Augenlid herunter und schaute nach oben – an dem Fläschchen mit den Tropfen vorbei, in Oscars Augen.

Seine Hand zitterte leicht.

Der Tropfen landete in Manons Wimpern. Müde blinzelte sie ihn ins Auge. „Scharf bist du", nuschelte sie. „Mit dem rechten Auge. Und mit dem linken ..." Schwankend stemmte sie sich von der Couch hoch. „Mit dem linken bist du irgendwie ganz – ganz ..." Unwillkürlich zitterten ihre Knie. Oscar hätte schwören können, dass sie sich fallen ließ, und zwar genau in seine Arme, die er bereitwillig um sie schlang und sie mit sich hochzog. Sie fühlte sich recht gut an.

„Ich weiß nicht, was die mir gegeben haben", flüsterte Manon ganz dicht vor seiner Nase, und dabei schielte sie ein wenig, „aber du siehst fantastisch aus, Oscar."

Wieder überkam ihn das Zittern. Das hier war besser, als mit Guy und Fabrice die Zeit zu vertrödeln und sich auszumalen, wie die Freundinnen waren, die sie nie gehabt hatten. Viel, viel besser.

Und die Antwort auf die Frage, warum er das alles für sie tat.

„Willst du mich küssen?", flüsterte sie.

„Ja", flüsterte er zurück. „Willst du mich auch küssen?"

„Ja", antwortete sie ebenfalls.

Vorsichtig neigten sie die Köpfe zueinander. Ihre Lippen berührten sich. Und während sie vorsichtig voneinander kosteten und den Geschmack des anderen kennenlernten – während Manon daran dachte, wie wunderschön Oscars dunkelbraune Augen schon vor der Operation gewesen waren und Oscar gar nicht fassen konnte, wie lebendig er sich auf einmal fühlte – sprang der Funke zwischen ihnen über. Aus dem vorsichtigen Schmecken wurde Genießen, und schließlich erwachte in ihnen der Hunger nach mehr ...

... als der Wecker, den Oscar gestellt hatte, erneut energisch klingelte. Es war Zeit für die nächste Tropfengabe.

Etwas enttäuscht löste Oscar sich von Manon und sah ihr

zu, wie sie sich die Tropfen selbst verabreichte und dann im Bad verschwand.

„Blöder Zeitpunkt, sich kennenzulernen", sagte sie, als sie zurückkam. Ihr rechtes Auge war rosa angelaufen.

„Tut es sehr weh?", fragte Oscar mitfühlend und bedauernd zugleich.

„Geht so." Sie ließ sich der Länge nach auf die Couch fallen. „Komm, leg dich zu mir. Das ist auch schön."

Bis zum nächsten Weckerklingeln wurde es sogar noch schöner, fand Oscar. Manon hatte sich in seinen Arm gekuschelt, und er hatte das Gefühl, gar nicht genug Arme zu haben, um sie festzuhalten. Sie nahm die nächsten Tropfen, derweil klappte er die Couch auf. Das war das Schönste, denn nun hatten sie wieder Platz zum Küssen. Für die neckischen Zungenspiele, mit denen die Entdeckung des anderen zu einem kleinen Abenteuer wurden. Für den Moment, in dem sie beieinanderlagen, zwischen ihnen nichts als nackte Haut und Erregung und Lust ... Manons Mund ... Oscars Augen ...

Eine Augenweide ...

*

Sie schlenderten im Schatten über den Bahnsteig, die Finger ineinander verschränkt, die Gedanken noch voll mit den Ereignissen der letzten Stunden. Zwischendurch blieben sie stehen und küssten sich.

Manons rechtes Auge tränte hinter der durchsichtigen Augenklappe. Das andere schien blicklos zu schwirren, ohne richtigen Halt zu finden. Die Sonnenbrille konnte sie wegen der Augenklappe nicht aufsetzen, also hielt sie den

Kopf gesenkt.

Oscar trug ihre Reisetasche. „Du musst dem Vermieter der Wohnung eine schlechte Bewertung geben", sagte er bestimmt schon zum vierten Mal. „So was darf man nicht ungeschoren davonkommen lassen."

„Ja-haaa", gab sie amüsiert zurück. „Das mache ich, sobald ich zu Hause bin. Gleich nach dem Kontrollbesuch bei meinem Augenarzt. Versprochen."

„Gut."

„Ob du es glaubst oder nicht, ich hatte schon ein Leben, bevor ich dich kennengelernt habe, mein lieber Oscar", neckte sie ihn.

Er grinste verlegen. „Sag mal ... Gibt es bei dir zu Hause auch einen Weiher?"

Kurz verharrte sie im Schritt. „Warum?"

„Ich könnte mich dort ans Ufer setzen und die Sonne genießen."

„Ohne Guy und Fabrice?"

Oscar nickte.

Langsam setzten sie ihren Weg fort.

„Ich habe aber keine Schlafcouch zu Hause", meinte Manon nach einer Weile.

Er zuckte mit den Schultern. „Kein Problem. Ich wollte mich sowieso in einem Gasthaus einmieten. Oder vielleicht sogar in einer Pension."

Sie kamen am ausgehängten Fahrplan vorbei. Die Ankunftszeit von Manons Zug war in fünf Minuten.

„Und dann sitzt du bis Sonntag ganz allein am Weiher herum und starrst aufs Wasser?", fragte Manon vorsichtig.

„Du könntest mich ja besuchen", schlug Oscar vor.

„Wenn du möchtest."

„Ich habe eine bessere Idee. Du holst mich ab und bringst mich an deinen Lieblingsplatz am Weiher", schlug sie vor. „Dort sitzen wir dann, bis wir keine Lust mehr haben."

Im Lautsprecher über ihnen knackte es; Manons Zug würde mit fünfzehn Minuten Verspätung eintreffen.

Behutsam legte Oscar seinen Finger unter Manons Kinn und hob es an. „Und dann?"

„Dann schauen wir", sagte sie leise, „wonach uns der Sinn steht. Vielleicht kaufen wir sogar eine Schlafcouch, wer weiß?" Sanft küsste sie ihn. „Du brauchst noch eine Fahr-karte", raunte sie.

Hexensabatt

Desirée Admiratrice schaute über den Rand ihrer Lesebrille ins Publikum. Erwartungsvolle Gesichter, wohin sie auch blickte. Begieriges Vorbeugen, damit man auch ja kein Wort ihrer neuen Kurzgeschichte verpasste. Sie lächelte fein und rückte ihr Manuskript zurecht.

»Ganze drei Nächte hatte er die Träume ausgehalten. Er schob sie auf die gute Luft, die ausgiebige Bewegung, die vielen neuen Eindrücke, die sich in seinen Kopf stahlen und ihm die unbekannten Seiten seines Wesens offenbarten. Nicht unbedingt das, was er sich von einem Kanada-Backpack-Urlaub erwartet hatte ...«

Timon schreckte hoch. Auch mit offenen Augen konnte er die Hände noch auf seinem Körper spüren, hörte die Seufzer, kostete die unglaublich sinnlichen Küsse. Ein letztes Mal wollte er seiner Sehnsucht nach dem Ineinanderversinken nachgeben. Doch die Traumbilder verflüchtigten sich in der Dunkelheit des Dreimannzeltes, und zurück blieb das Schnarchen seiner Begleiter.

Zur Ruhe hatte er hier kommen wollen, Abstand gewinnen von den vielen Entscheidungen, die in Europa auf seine Rückkehr warteten. Doch die kanadischen Wälder hatten in ihm ein stechendes Brennen geweckt, das erlöst werden wollte. Das ihn dazu aufforderte, sich endlich freizumachen, sich zu entladen, wenigstens in den feuchten, fleischigen Falten, die sich ihm im Schlaf entgegenreckten, ihn umschlossen, verschlucken wollten ...

Carlos rasselte wie eine rostige Kette und rollte sich auf

die andere Seite. Dann setzte Tristan sein Konzert als verstopfte Trompete fort, um die Stille nicht zu laut werden zu lassen.

Ermattet sank Timon zurück in seinen Schlafsack und schloss die Augen wieder. Doch statt wenigstens in einen erholsamen Dämmerschlaf zu sinken, tauchte *ihr* Gesicht wieder vor ihm auf. Julienne.

Die süße Julienne. Bei ihrer ersten Begegnung hatte sie so unschuldig und rein gewirkt; hundert Küsse und Tage später hatte sie ihn gefragt, ob er sie sich als seine Frau vorstellen könne. Weitere hundert Küsse hatte es gebraucht, bis er wusste, dass er sie nicht wollte, doch der Mund war ihm verschlossen, er hatte es ihr bis jetzt nicht sagen können. Jedes Mal hatten ihre Lippen ihn in ekstatische, wirbelnde Dunkelheit gezogen, in der sein Körper auseinandergerissen zu werden drohte. Alles in ihm hatte in sie hineingedrängt, er genoss es – aber mehr war da nicht, auch nicht nach dreimal hundert Tagen und Küssen. Geblieben war die große Leere, die er mit dem nächsten Anfall von Begierde mit ihr wegzukopulieren versucht hatte.

Der Wanderurlaub hätte Timon endlich Klarheit bringen sollen. Aber sobald seine Arbeitskollegen Carlos und Tristan nur den Mund aufmachten, kamen Zoten heraus wie von Fünfzehnjährigen, die sich in plumpen, erotischen Darstellungen zu übertrumpfen versuchten. Nach einem Jahr der überbordenden Fleischlichkeit erreichten sie bei Timon damit nur, dass er noch in sich gekehrter wurde und das Ende des Urlaubs herbeisehnte.

Ein Blick auf seine Outdoor-Uhr sagte ihm, dass es erst

kurz nach halb vier war. Vielleicht schaffte er es irgendwie, bis fünf Uhr liegen zu bleiben, aber was dann? Bis Tristan und Carlos endlich aus den Schlafsäcken krochen, hätte Timon schon den dritten Kaffee getrunken ...

Eine halbe Stunde später, am Horizont erschien bereits die silbrige Linie des Sonnenaufgangs, schulterte er seinen Wanderrucksack und ging los. Er hatte eine Nachricht im Zelt zurückgelassen, dass er zu ihrem nächsten Ziel vorging, wo sie eigentlich schon diese Nacht hätten verbringen wollen. Laut der Reiseunterlagen waren es ungefähr 6,7 Meilen, knapp 10 Kilometer, immer nach Osten, dank des Sonnenaufgangs und seiner Stabtaschenlampe also nicht zu verfehlen. Zudem gab es einen Wanderweg für Touristen wie Timon, die sich sonst in der Wildnis hoffnungslos verliefen.

Frei von der Anwesenheit seiner Kollegen, schritt Timon kräftig aus. Je höher die Sonne stieg, desto seltener stolperte er, und schon nach einer halben Stunde konnte er die Taschenlampe ausschalten. – Wie ruhig es im Wald war ... und wie friedlich. Endlich setzte die Entspannung ein, auf die Timon schon seit einer Woche wartete. Er steckte die Taschenlampe weg und ging weiter.

Gegen sieben Uhr rastete er an einem ruhigen See. Der Hunger hatte sich gemeldet und in seinem Vorratsbeutel waren noch ein paar Energieriegel und das gedörrte Fleisch, das Tristan ihm aufgenötigt hatte. Mit dem schalen Wasser vom Vortag machte es ziemlich satt, sodass Timon sofort hätte weitergehen können, wenn da nicht der besagte See gewesen wäre. Die letzten Tage hatten das Wasser aufgeheizt, sodass ihm ein Bad recht angenehm erschien, um den Schweiß der vergangenen Nacht abzuwaschen.

Zum ersten Mal seit mehreren Tagen zog Timon sich bis auf die Shorts aus. Seine Kleidung warf er achtlos neben seinen Rucksack auf den Boden – sie war so schmutzig, dass selbst die heimischen Insekten sie verschmähen würden – und watete langsam in den See.

Das Wasser war weniger warm als erwartet, aber erfrischend. Als es seine Hüften überstieg, tauchte er unter und rubbelte unter Wasser durch seine Haare; er hatte das Gefühl, damit alles Verstörende aus seinem Kopf zu vertreiben. Dann tauchte er wieder auf und schwamm ein paar Züge in den See hinein. Der Boden unter seinen Füßen fiel ab, bis er nicht mehr stehen konnte.

Timon drehte sich auf den Rücken und ließ sich treiben.

Über ihm wechselte die Himmelsfarbe vom zarten Morgengrau zu kräftigem Spätsommerblau. Wellen schaukelten Timon herum, bis er sich wieder aufrichtete und feststellte, dass er ein ganzes Stück vom Ufer weggetrieben worden war. Er war ein guter Schwimmer und legte sich mit kräftigen Zügen ins Zeug. Trotzdem dauerte es eine Weile, bis seine Zehen wieder den sandigen Untergrund berührten. Das letzte Stück zum Ufer lief er, seine Beine müde von der Anstrengung, sein Körper nass und kühl und wach.

Mit kleinen Sprüngen näherten sich vom Waldrand zwei Schatten. Waren das etwa Carlos und Tristan? Oder–

Ein dritter Schatten erschien unter den Bäumen, richtete sich auf und brüllte. Die zwei kleineren antworteten mit Geheul, das keine Spur menschlich klang.

Timon durchfuhr es eisig. Bären. Eine Mutter mit ihren Jungen. Sie mussten das getrocknete Fleisch gerochen haben!

Was nun, zurück in den See? Blödsinn. Bären konnten schwimmen! Bären waren auch schneller als Menschen. Also keine Chance für Timon, seine Sachen zusammenzuraffen und damit wegzurennen!

Ihm blieb nicht viel Zeit zum Nachdenken. Also überließ er sein Schicksal seinem Überlebensinstinkt, der ihn automatisch ins Schilf lenkte und durch das Timon mit ungeahnt eisernem Willen watete, bis er das andere Ufer erklomm und weiterrannte – keine Ahnung, wohin, nur weg von den Bären.

*

Wie jeden Morgen hatte Alicia ihre Vorräte inspiziert. Kräuter und Beeren, Pilze und Säfte, getrocknetes Fleisch und Fisch bewahrte sie in einem kleinen Verschlag neben ihrem Haus in größeren Mengen auf. Im Keller bei den Einmachgläsern, Äpfeln und Birnen, die sie jedes Jahr von ihren Klienten zuhauf bekam, wären sie nur verdorben. Außerdem hätten sie im Haus einen strengen Geruch verbreitet, der ihr zwar die Menschen vom Hals gehalten hätte, den sie aber auch nicht ertragen mochte. Es reichte ihr schon, dass sie für wunderlich gehalten wurde, also hatte sie Bretter und Nägel zur Hand genommen und weiteren Raum geschaffen.

Nach der Inspektion hatte sie wie üblich einen Spaziergang durch den Wald gemacht. Wahrscheinlich hätten die Bäume sie freundlich gegrüßt und sich nach ihrem Befinden erkundigt, hätten sie sprechen können – so oft kam sie hier vorbei. Alicia nickte den schweigsamen Büschen und Farnen trotzdem zu, denn wer wusste mit Sicherheit, dass sie wirklich nichts von den Menschen verstanden? Alicia gestand sich ein, dass dieses Verhalten auf die Leute des Dörfchens zu recht seltsam wirkte; aber egal war und blieb es ihr so oder so.

Kaum ein Vogel sang, nur der Warnruf eines Eichelhähers erklang hin und wieder. Die ungewöhnliche Morgenstille ließ Alicia mehrfach stehen bleiben und lauschen. Waren die Wölfe wieder in der Nähe? Nun, das hier war auch ihr Wald. Und der Wald der Bären und des Damwilds. Wie gut, dass sie ihre Schrotflinte dabei hatte.

Schon als sie sich dem Hintereingang ihrer Behausung auf dem verschlungenen Pfad näherte, spürte sie, dass etwas nicht stimmte. Im Näherkommen sah sie es dann: Die Tür stand offen. Alicia sperrte zwar auch in den Touristenmonaten nicht ab, wenn sie das Haus verließ, aber das bedeutete nicht, dass die Tür sich zufällig und von ganz allein geöffnet hatte; die letzten ungebetenen Besucher hatte sie erst vor zwei Wochen von ihrer Veranda vertrieben. – Langsam nahm sie die Flinte von der Schulter und schlich zum Hintereingang. Mit dem Lauf schob sie die Tür auf.

Drinnen klapperte jemand mit ihren Töpfen auf dem Herd. Der Wasserkrug schepperte auf den Holztisch. Jemand seufzte zufrieden.

Nun. Es war wohl kein Wolf, der sich gerade über ihren Porridge hermachte.

Vorsichtig schnupperte Alicia und erfasste neben dem Duft ihres zweiten Frühstücks den herben Geruch eines

Menschen, der zwar sauber, aber wohl schon länger unter freiem Himmel unterwegs war. Einen Fuß bedächtig vor den anderen setzend, schlich sie über die Türschwelle, die Schrotflinte im Anschlag, und spähte ins Halbdunkel.

*

Timon stellte die Tasse auf den Tisch und wischte sich den Mund ab. Nach dem schier unendlichen Sprint durch den Wald hatte das Wasser gutgetan. Wer immer hier wohnte, hatte ihm gerade das Leben gerettet!

„Hallo?", rief Timon. Als er ins Haus gekommen war, besser: Als er mit beiden nackten Füßen zugleich in die kleine Küche gesprungen war, hatte niemand auf seinen Ruf reagiert. Sein Blick fiel wieder auf den Herd mit dem Porridge, und obwohl er sich vorhin mit Trockenfleisch vollgestopft hatte, verspürte er wieder unbändigen Hunger. Kurz meldete sich sein Gewissen, dass es sich um Mundraub handelte und er deshalb hier ganz schönen Ärger riskierte, aber der Hunger war größer. Entschlossen nahm er den Deckel vom Topf und – hörte ein hartes Knacken. Es kam von der Hintertür.

Langsam drehte er sich um. Blickte in die Schwärze eines Flintenlaufs.

„Keine Bewegung", zischte es dahinter.

Timon hielt die Luft an, seine Hand mit dem Deckel schwebte über dem Topf. Der Flintenlauf kam auf ihn zu, berührte seine rechte Schulter; Schaudern überkam Timon, der Deckel knallte zurück auf den Topf mit dem Porridge.

*

Da stand er also, der Eindringling. Am Lauf vorbei musterte Alicia den halb nackten Fremden mit den strubbeligen

75

Haaren und den Schwimm-Shorts. Mutig, so durch den Wald zu wandern. Und gar nicht mal so schlecht anzusehen.

„Was willst du?", fragte sie scharf.

„Ähm ... I-ich hab mich verlaufen."

„So?" Nach weiterer eingehender Betrachtung kam sie zu dem Schluss, dass er in seiner Shorts keine Waffe im eigentlichen Sinne verbarg und ließ den Lauf sinken. „Wo wolltest du denn hin?"

„In den nächsten Ort."

„In dem Aufzug?"

„Nein. Da war eine Bärin mit ihren Jungen."

Wie zur Bestätigung erklang ganz in der Nähe ein Brüllen.

Jetzt durchfuhr der Schreck auch Alicia. So schnell hatte sie die Hintertür bisher nur selten verriegelt, die Fronttür verbarrikadiert und die Fensterläden zugeklappt. Rasch wurde es finster in dem Haus, in dessen Küche Timon immer noch stand, mit den Gedanken beim Porridge – nur in seinen Shorts, die, so kam es ihm vor, inzwischen mehr enthüllten als verbargen. Es musste an der Aufregung liegen. Wie gut, dass es hier so dunkel war!

In der unerwarteten Finsternis wirkten die Geräusche, die vor dem Haus erklangen, lauter. Scharren und Schnauben, auch niedliche Quieker waren darunter, vor allem aber das Grunzen der Bärin und die Erschütterungen, wenn sie ihren schweren Leib von außen gegen die Hauswand oder die Türen warf und mit ihren scharfen Krallen über das Holz kratzte.

„Was jetzt?", flüsterte Timon panisch.

Klappern und Schubladenschleifen, dann flammte ein Feuerzeug auf. Alicia hielt die Flamme an eine dicke Kerze und stellte sie auf den Tisch.

„Wir warten", sagte sie leise. „Setz dich."

Gehorsam ließ Timon sich auf der Eckbank nieder. Seine Kehle brannte schon wieder. Automatisch griff er nach dem Wasserkrug auf dem Tisch und schenkte die Tasse, die er gerade schon benutzt hatte, randvoll. Trank sie mit einem Zug leer und stellte sie ab.

Über der Kerzenflamme traf sich sein Blick mit dem der Frau, die sich ihm noch nicht vorgestellt hatte. Sie wirkte verwundert.

„Durst", sagte er entschuldigend.

„Wie viel hast du getrunken?", fragte sie.

„Zwei Tassen", antwortete er.

Seufzen. „Na prima."

Von draußen donnerte die Bärin gegen das Fenster bei der Tür.

„Warum?" Unbehagen ergriff Timon. „Warum ‚na prima'? Was heißt das?"

Stumm schüttelte sie den Kopf, stand auf und verschwand aus dem Lichtkreis der Flamme. Kramte irgendwo herum. Als sie zurückkam, hatte sie Handschellen dabei.

„Hat es dir geschmeckt?", fragte die Frau.

„Warum?", wiederholte Timon mit wachsender Unruhe. „Was soll die Frage? Wasser schmeckt nach nichts."

Müde lächelte sie ihn an. Draußen quietschten die kleinen Bären.

„Wasser schmeckt nach nichts!", wiederholte Timon aufgebracht. „Aber dass du mich fragst, bedeutet, dass es kein Wasser ist. Richtig?"

Sie wiegte den Kopf hin und her und schwieg.

„Wie heißt du?", fragte Timon, weil er sie mit ihrem Namen zum Reden bringen wollte.

„Alicia", antwortete sie. „Und du?"

„Timon. Also sag, Alicia, was habe ich getrunken? Werde ich sterben?"

Die Bärenmutter brüllte.

„Irgendwann schon", meinte Alicia leichthin. „Aber nicht heute." Ihr Blick ging zu den Handschellen und zurück zu ihm. „Vielleicht."

„Verdammt, Alicia, was soll das?!" Erregt sprang er auf und stieß gegen den Tisch. Die Handschellen schepperten, die Bärin brüllte, die Bärenjungen kratzten an der Hauswand. Alicia blickte starr dorthin, wo gerade noch Timons Gesicht gewesen war, dann senkte sie langsam den Kopf – und lächelte.

„Timon, hör mir jetzt gut zu", sagte sie sanft. „Ich werde nun den Rest trinken. Damit ich", sie schien nach den richtigen Worten zu suchen, „damit ich dir gewachsen bin, wenn es losgeht."

„Was zum Teufel meinst du damit?" Der Herzschlag pulste in seinen Ohren, so sehr regte Timon sich jetzt auf. „Was geht los? Warum? Was habe ich da getrunken?"

Sie hob den Kopf und schaute ihm in die Augen, die wie kleine, furchtsame Sterne am äußeren Rand des Lichtkreises schwebten. „Setz dich. Dann erkläre ich es dir." Glitzernde Punkte erschienen auf seiner Brust. Er begann bereits zu schwitzen.

Ohne ihn aus den Augen zu lassen, setzte Alicia den Krug an und trank. Sie musste einmal Luft holen, um ihn bis auf den letzten Tropfen zu leeren. Wie Timon wischte sie sich danach mit dem Handrücken über die Lippen; er behielt sie unruhig im Auge, als könnte er aus ihren Bewegungen ableiten, was gleich passieren würde.

„Glaubst du an Vorsehung?"

Draußen prallte etwas dumpf auf den Boden. In Gedanken sah Alicia den Hackklotz umfallen; gleichzeitig sah sie in Timons Gesicht, dass er innerlich ebenfalls umfiel.

„Ich halte nichts von solchem Zeug", sagte er, darum bemüht, entschlossen zu klingen. Es gelang ihm fast.

Unverwandt schaute sie ihn an. „Timon, heute ist Tag- und Nachtgleiche. Ob du nun dran glaubst oder nicht."

Ein Zittern lief durch seinen Körper. „Ein rein astronomisches Ereignis", entgegnete er etwas sicherer.

„Auch das ist richtig. Und dass die Tage ab jetzt wieder kürzer werden." Langsam richtete sie sich auf. „Die Natur bereitet sich auf den Winter vor. Die Tiere suchen Nahrung, bevor sie in ihre Höhlen zurückkehren."

Holz splitterte krachend. Die Bären hatten den Verschlag mit dem Fisch aufgebrochen. Stumm machte sich Alicia eine Notiz, sich nun doch eine Trockenkammer aus Steinen zu bauen.

„Was hat das damit zu tun?" Timon deutete auf den leeren Krug. Allmählich bekam er Gänsehaut, die seine Brustwarzen scharf hervorstechen ließ.

„Heute kommen noch einmal alle Wissenden zusammen,

um das Ende des Jahres einzuleiten", fuhr sie sanft fort. „Mit einer Feier im Wald." Mit einem Kopfnicken deutete sie auf den Wasserkrug und seufzte enttäuscht. „Das wäre mein Beitrag gewesen."

Während sich draußen die Bären lautstark mit ihrem Hackklotz und dem Verschlag beschäftigten, glitt ein Ausdruck über Timons Gesicht, als würde er allmählich begreifen, was sie ihm da erzählte. „In dem Wasser war etwas, um die Sommersonnenwende zu feiern?", fasste er ungläubig zusammen.

Alicia nickte.

„Ein Aphrodisiakum?", schloss er daraus. Wieder zitterte seine Stimme kaum merklich.

Alicia hob die Augenbrauen.

Röte überflutete sein Gesicht. Rasch kreuzte er die Arme über seinem Schoß, als wäre der Tisch als Sichtschutz nicht genug. Die Gänsehaut breitete sich in Wellen über seine Schultern und seinen ganzen Oberkörper aus und hatte mit Sicherheit schon die Beine erreicht. Sein Atem wurde tiefer.

„Ich will ehrlich zu dir sein", fuhr Alicia leise fort. „Es kann zu unerwarteten Reaktionen kommen, gegen die ich machtlos bin. Wären da draußen jetzt nicht die Bären", sie deutete zu den geschlossenen Fensterläden, „dann würde ich dich zu dem nahen See jagen und dich ein Bad an seiner kältesten Stelle nehmen lassen. Aber so bin ich hier quasi mit dir gefangen." Wieder eine bedauernde Geste, die bei Timon sichtbare Bestürzung hervorrief.

„Um Gottes willen", flüsterte er. „Darum brennt es in mir

seit dem ersten Schluck wie Feuer! Wenn ich könnte, würde ich—"

Er stockte mitten im Satz. Traumbilder schwappten über ihn hinweg wie eine Meereswoge. Lippen und fremder Schweiß berührten seine Haut, als wären sie mit einem Mal zum Leben erwacht. Das „Wasser" wirkte bereits. Und er hatte zwei ganze Tassen davon getrunken!

„Egal, was jetzt passiert", hörte er Alicia sagen, „lass es einfach geschehen. Du kannst deine neue Kraft jetzt nicht mehr unterdrücken. Gib ihr nach!"

„Aber—" Schreckliche Gedanken schossen durch seinen Kopf. Er brannte innerlich lichterloh – und allein die Erinnerung an die tiefen, feuchten Höhlen, die ihn des Nachts heimgesucht hatten, ließen seine Erregung endgültig durchbrechen.

Wieder sprang Timon auf; die Flamme der Kerze zitterte, als er den Tisch zur Seite stieß.

„Ich muss hier raus", keuchte er. Bärengebrüll und splitterndes Holz ließen ihn zusammenfahren.

„Das bedeutet den Tod", sagte Alicia eindringlich. Wie ein Windhauch legte sich ihre Hand auf seinen Arm.

„Aber ich muss—" In Wellen rauschte das Zittern über ihn hinweg. Ihre warme, zarte Hand auf seinem Arm, um ihn zu beruhigen – doch das Gegenteil war der Fall. Plötzlich war sie so nah, dass er sie zum ersten Mal richtig ansah. Sie hatte keinerlei Ähnlichkeit mit der süßen Julienne – ihr Mund war nicht herzförmig, sondern breit; die Augen nicht mandelförmig, aber schwarz wie die Kirschen, die er als Junge so gern gegessen hatte. Und ihre Hände nicht weich und mit manikürten Fingernägeln, sondern fest und schwielig von der Arbeit … Die Erinnerung an den Flintenlauf blitzte auf …

Das Klicken holte ihn zurück in die dunkle Hütte. Kühl schloss sich eine Schelle um sein rechtes Handgelenk. Mit einem Ruck zog Alicia ihn zum Bett, das in der Ecke gegenüber vom Ofen stand. Dort schloss sie die andere Schelle ans Gitter am Kopfende an und trat einen Schritt zurück.

„So. Jetzt ist alles gut." Sie musterte ihn unverhohlen im schwachen Licht, das durch die geschlossenen Fensterläden fiel. „Spürst du schon was?"

Die Frage erübrigte sich – eine Schweißperle rann über seine Schläfe. Er konnte ihren Körper riechen. Eifrig sog er den säuerlich-warmen Duft ein, gemischt mit Harz und Honig. Und Zimt. Und – Schwarzkirschen.

„Spürst du nichts?", fragte er mit rauer Stimme.

Artig sog sie ebenfalls die Luft ein. „Meine Güte, deine Füße sind ja total zerschrammt. Das tut bestimmt weh."

Im Halbdämmer ging sie zum Küchenschrank und holte etwas heraus.

„Setz dich, ich verarzte dich schnell. Sonst entzündet sich alles."

Das gemachte Bett gab unter ihm nach, als er sich darauf fallen ließ. Mit einem feuchten Lappen reinigte sie seine Wunden, die er sich bei der Flucht in die linke Fußsohle gerissen hatte, und sprühte Desinfektionsmittel darauf. Es brannte nur ein wenig. Dann nahm sie sich den rechten Fuß vor. Unter ihren Berührungen entspannte Timon sich etwas, nur um sofort zusammenzufahren, wenn sie dabei einen empfindsamen Druckpunkt berührte. So gut es ging, hielt er den linken Arm vor sich, damit sie nicht doch noch sah, wie sehr ihn dieses verdammte Wasser elektrisierte.

„Was ist das da auf deinem Bein?"

Sie hatte sehr leise gefragt. Erst jetzt wurde Timon das Brennen auf dem Oberschenkel gewahr. Dunkel erinnerte er sich daran, dass er an einem Brombeergestrüpp vorbeigekommen war.

„Nur ein Kratzer", wehrte er sie ab. „Das heilt von allein."

Kritisch rückte sie näher und betrachtete das kleine rote Rinnsal, das aus der Wunde geflossen und bereits angetrocknet war. „Vielleicht. Vielleicht auch nicht. Ich schaue es mir vorsichtshalber an."

Sie rückte an ihn heran, er wich zurück. „Alicia, bitte, nicht! Ich weiß nicht, ob—"

„Ob was?"

Sein Herz begann wie wild zu hämmern. Er holte tief Luft, damit seine Stimme bei seinen nächsten Worten nicht zu sehr zitterte. „Das Elixier – das Wasser. Ich … Was ist, wenn ich dich—" Den Rest des Satzes murmelte er.

Etwas Großes stampfte schmatzend am Haus vorbei.

Sein Blick ruhte auf ihrem Mund. Breite, volle Lippen hatte sie, und selbst im Halbdunkel schimmerten ihre Zähne dahinter wie Perlen.

„Wenn du was?", flüsterte ihr Mund. Auch bei ihr wirkte das Wasser nun wohl; ihre Augen glitzerten erwartungsvoll. Und weil ihre Hand so warm auf seinem Oberschenkel lag und ihr Duft so betörend befreiend war, beugte er sich vor und küsste sie.

Sie erwiderte seinen Kuss.

Heiß brannte ihre Hand auf seinem Bein, nun auch die andere, die hinauf fuhr unter den Stoff seiner Shorts – und weiter. Wie von selbst ließ Timon sich zurücksinken, dabei den gefesselten Arm noch ein wenig weiter von sich streckend, um Alicia mit dem anderen besser an sich ziehen zu können, bis sie auf ihm lag.

Oh mein Gott. Wie gut das tat!

Und wie schnell die Shorts neben dem Bett lag. Timon wehrte sich nicht, denn: warum auch? Sie hatte ihn gewarnt, dass es ungewollte Reaktionen geben würde, und wenn eine davon war, dass er nun nackt vor ihr lag und sie begann, ihn zu küssen, und zwar überall … Von seinem Mund glitt sie hinunter zu seiner Brust, seiner Hüfte …

Stöhnend bäumte Timon sich auf, als sie seine Mitte erreichte und ihre Zunge ihr Spiel begann. Wieder überlagerten die nächtlichen Traumbilder seine Sinne, nur um von ihr mit einer Bewegung verscheucht zu werden. Längst hatte auch sie ihren Oberkörper freigemacht. Legte nun seine freie Linke auf ihre nackte Brust.

Ihre Brüste waren groß und weich und warm und schmiegten sich perfekt in seine Hand. Wie es dazu zwischen seinen Beinen zuckte! Zu gern hätte er sich in ihren Schoß geflüchtet, nur um dort endlich, endlich Ruhe zu finden …

Als hätte sie seine stumme Bitte gehört, öffnete sie den Knopf ihrer Hose und schlüpfte aus ihren restlichen Kleidern. Breitbeinig setzte sie sich auf ihn und legte seine freie Hand sacht auf ihre Scham. Allein seinen Finger in sie hineingleiten zu lassen, ließ ihn vor Erregung zittern. Warum nur seinen Finger, warum nicht gleich—

Sie stöhnte vor Wonne und rieb sich an seinem Glied. Und gerade, als er dachte, sich nicht mehr beherrschen zu können, setzte sie sich endlich richtig auf ihn – und nahm ihn in seiner ganzen Größe in ihre Wärme auf.

Timon keuchte vor Dankbarkeit. Mit aller Macht stieß er sich in sie hinein, brachte etwas in ihr zum Klingen, spürte die zunehmende Enge in ihrem Schoß. Immer tiefer schien er in sie hineinzugleiten; sie tauschten heiße, nasse Perlen der Erregung und ritten auf den Wogen der Lust ...

*

Draußen schnüffelte die Bärin neugierig am Fensterladen. Die seltsamen Geräusche dahinter verhießen interessante Entdeckungen. Gerade hatte sie ihre Krallen unter den Laden geschoben, um ihn mit einem Ruck abzureißen, da schrillten kurze, scharfe Schreie in ihren Ohren, gleich darauf weitere, etwas tiefer, aber genauso unangenehm in ihrem empfindlichen Gehör. Hastig nahm sie Reißaus, gefolgt von ihren verwirrten Jungen.

*

Die Handschelle öffnete sich und baumelte leer am Bettgitter. Timon massierte sich seinen schmerzenden Arm. Müdigkeit überkam ihn kurz. Alicia hatte sich neben ihn gerollt und die Arme neben ihrem Kopf abgelegt. Ihre herrlichen Brüste wölbten sich im Halbdunkel, die Warzen richteten sich neckisch auf.

„Was war in dem Wasser?", fragte er und berührte ihre rechte Brust, die unter seiner Hand leicht nachgab. Alicia

85

seufzte und zog die Beine an. „Willst du das wirklich so genau wissen?“, flüsterte sie. Ihre Hand hatte ihren Weg schon wieder zu seiner Mitte gefunden, und anders als Julienne zauberte sie die Wollust in ihn zurück. Wenn er sich zwischen ihre Beine kniete, konnte er die zarte rote Haut zwischen ihren Schenkeln bewundern. Wie Rosenblätter war sie, bereit, sich für ihn zu öffnen. Sanft küsste er sie und erfreute sich an Alicias Erbeben, als er seine Zunge in ihre Scham senkte. Sie wurde noch weicher und wärmer, und plötzlich wusste er, was echte Lust wirklich war. Etwas, das er bei Julienne vergeblich gesucht, stattdessen nur eine Fassade gefunden hatte. Die wiederum hatte sie sich wohl aus ihren Zeitschriften angelesen, in der Hoffnung, den Ansprüchen von wem auch immer zu genügen.

Alicias Beben wollte nicht enden, und als er seinen Mund auf ihre Rosenblätter presste, brachte es auch ihm süße Erschöpfung. Sein Körper verlangte mehr davon; und so gab er nach, als der Instinkt ihn ein letztes Mal zwischen Alicias Schenkel zog … Timons Seufzer vermischten sich mit ihren, während er sie langsam und kraftvoll liebte. In ihr wuchs er noch ein wenig mehr, als wollte er ihr zitterndes Herz beruhigen. Mit beiden Armen umfing Timon sie erst zart, dann presste er sie fest an sich und stieß sich in sie hinein, so heftig, dass sie vor Wollust aufschrie. Sie ließ zu, dass er sie in die Kissen presste und küsste, küsste, küsste. Mit der Zeit wurde sein Mund sanfter, seine Zunge geduldiger, und wie ein anlandendes Schiff glitten sie gemeinsam in taumelnde Seligkeit …

*

Desirée Admiratrice hob den Kopf und lächelte. In der ersten Reihe sprangen die Hörer auf und applaudierten. „Bravo! Bravo!", riefen mehrere Zuhörerinnen. Rufe nach einer Zugabe wurden laut, obwohl bekannt war, dass die berühmte Autorin und ehemalige Psychotherapeutin keine Zugaben mehr machte. Das Alter forderte seinen Tribut, hieß es; ihre Stimme war mit den Jahren gebrechlicher geworden.

Später, ganz am Ende der Reihe aus Autogrammjägern, Fans und Literaturliebhabern, war er dann endlich da. Nur für sie. Glücklich schwebte sie an seinem Arm durch den Hintereingang in die warme Sommernacht. Jedes Jahr war er zu ihr zurückgekehrt und hatte nie mehr danach gefragt, was eigentlich in dem Sommer mit ihm geschehen war. Und sie hatte ihr Geheimnis für sich bewahrt. – Nur einmal hatte er die Stirn gerunzelt, als er bei einer Gartenparty Tischwasser mit einem Spritzer Rosenessenz versetzt getrunken hatte. Natürlich hatte ihn nur die Erinnerung an ihre erste Begegnung ereilt; weiter war nichts passiert. Denn Rosenwasser löste nicht diese Katharsis aus, die wie eine Offenbarung über ihn gekommen war. – Aber Hypnose, dachte sie und schaute ihm tief in die Augen, als sie fragte: „Wirst du diesmal bei mir bleiben?"

„Gewiss", antwortete Timon, auch nach vierzig Jahren immer noch sein jugendliches Lächeln auf den Lippen.

Wir gehen zum Ballett!

Vor Aufregung hatte sie kaum geschlafen. Trotzdem war sie am nächsten Morgen frisch wie der Frühling aufgewacht und hatte mit einem Juchzen das Bett verlassen. Es schien ihr, als wäre sie nicht mehr in der Lage, die Stunden bis zum Abend auszuhalten – natürlich musste sie sich trotzdem zusammenreißen.

Die Treppen zur U-Bahn-Station hinunter schwebte sie. Mürrische Morgengesichter wurden zu grinsenden Gänseblümchen, die beiseite rückten, wenn sie sie nur kommen sahen. Jede von ihnen hätte sie am liebsten inniglich umarmt und den schönsten Tag des Lebens gewünscht. Aber wie jeden Tag hatte sie die Pflicht, die U-Bahn um kurz nach halb acht zu erwischen, weil sie sonst zu spät zur Arbeit gekommen wäre.

Nachdem sie die Tüten, die sie heute bei sich trug, behutsam in den Schrank gestellt und ihn sorgfältig abgeschlossen hatte, tänzelte sie zu ihrem Schreibtisch. Selbst die Schwarz-weiß- und Grauverläufe der Jour-Fixe-Kopien leuchteten heute wie die Farben eines monochromen Regenbogens – ein Griff zum Fenster, und sie hätten im hereinfahrenden Wind getanzt wie Blütenblätter. Doch wie üblich sortierte sie die Blätter zu kleinen Stapeln, heftete sie pflichtbewusst zusammen und verteilte sie in die Postfächer der Kollegen.

Und so ging ihr Tag weiter: Im Kopf flitzten die Gedanken zwischen den letzten zwei Wochen und dem heutigen Abend hin und her, während die drögen Arbeitsabläufe sie an die Gegenwart fesselten. Ihr Chef war ein bisschen weniger mürrisch, eher verwundert, weil sie einerseits körperlich anwesend, andererseits gedanklich meilenweit entfernt war. Dass ihr kein gröberer Fehler unterlief, lag einfach an dem Glück, welches das Schicksal ihr heute spendierte.

„Was ist denn heute los mit dir?", fragte schließlich die Kollegin am Nebentisch. „Bist du krank? Hast du Sorgen? Oder im Lotto gewonnen?"

„Nein", antwortete sie ungeduldig, „heute treffe ich mich mit *ihm*!"

„Ach", rief die Kollegin entgeistert und erleichtert zugleich. „Schon heute? – Also heute trefft ihr euch endlich! Na, da können wir uns ja alle auf künftig geordnetere Tage freuen."

„Vielleicht", antwortete sie geheimnisvoll und genoss das Glühen auf ihren erröteten Wangen.

Um kurz nach fünf Uhr hatte ihr Warten schließlich ein Ende. Der Chef verabschiedete sich in den Feierabend. Die Kollegin warf ihre Unterlagen in den Rollschrank, sperrte ihn ab und stöckelte davon.

Dann war es soweit.

Rasch stellte sie einen Stuhl unter die Klinke der Bürotür, damit niemand sie überraschte. Sie öffnete die Schranktüren und schlüpfte aus ihrer warmen Stoffhose und dem T-Shirt. Erst gestern hatte sie die sündige Unterwäsche für die Zeit „danach" gekauft – wenn *er* ihr, so hoffte sie, das glitzernde Abendkleid vom Leib gerissen hatte und sie auf seiner Ledercouch nahm. Denn jemand wie *er* hatte mit Sicherheit eine Ledercouch im Wohnzimmer, drunter machte *er* es nicht. Eine weiche, schwarze Ledercouch, die bei jedem Stoß rhythmisch knirschte und sich an ihre Haut schmiegte. Vorher würde *er* übergenau ihren tiefen Ausschnitt inspizieren, in dem sich ihre Brüste ausnehmend gut machten, sie liebkosen wie überreife Melonen und—

Erschrocken schaute sie auf. Jemand rüttelte an der Türklinke.

„Hallo? Wieso klemmt die Klinke? – Hallo, aufmachen!"

Sie kniff die Augen zu und zählte stumm bis fünfzig. Bei zwanzig war der Störenfried bereits gegangen, aber sie war auf Nummer sicher gegangen. Dann schlüpfte sie aus ihrem BH, streifte die Unterhose Marke „Verwaschenes Blümchenmmuster" ab und schleuderte sie mit den Zehenspitzen von sich. Viel zu hektisch zog sie die Spitzenunterwäsche – Marke HOT – an und stieg in ihr glitzerndes Abendkleid. Locker umspielte es ihre Hüften und schwang geradezu verrucht um ihre Knöchel. Passend dazu schlüpfte sie in die nagelneuen Riemchenpumps.

Jetzt noch die Haare. Irgendwie musste sie ungesehen auf die Damentoilette kommen, dort gab es schöne große Spiegel.

Achtlos raffte sie ihre Alltagskleidung und den BH zusammen und stopfte alles in ihre City-Bag. Die passte nicht ganz zum abendlichen Anlass – *er* würde mit ihr das Ballett besuchen! – aber manchmal waren Abstriche unvermeidlich. Und *er* würde sie sicher nicht wegen ihrer City-Bag anbrennen lassen! Dafür würde sie schon sorgen, und zwar mit dem verführerischsten aller Parfums, das sie in der Drogerie hatte finden können. Dass es ausgerechnet eine Billigmarke für 12,95 € war, würde sie *ihm* aber nicht auf die Nase binden. Schließlich ging es nicht nur um das Ledersofa, sondern um—

Routiniert frisierte und schminkte sie sich in der Damentoilette, nur gestört von ihren galoppierenden Gedanken, die mehr als einmal die gedankliche Route über besagtes schwarzes Sofa nahmen, so wie sie es auch zu tun gedachte. Denn sie hatte zwei ganze Wochen hart geackert und gearbeitet, um endlich *seine* Aufmerksamkeit auf sich zu ziehen; *er*, der Typ aus dem Business Development, war nämlich so was von ihre Kragenweite, der gehörte schlichtweg ihr.

Und *er* hatte sie erhört.

Nach dem dritten gedanklichen Möbelsprint in der 77 – eine Stellung, die mit einer weichen Unterlage in ihrer Fantasie ideal erschien – verstaute sie ihre Puderdose als Letztes in ihrer City-Bag und zog den Reißverschluss zu.

So. Viertel vor sechs. Noch fünfzehn Minuten. Langsam wurde es Zeit.

Umständlich schob sie ihre Brüste im neuen BH zurecht, zupfte hier und dort ein bisschen die Spitzen heraus, zog den String-Tanga aus der Pofalte, was natürlich kaum Erleichterung brachte. Aber da musste sie jetzt durch! Denn nichts war erregender als die blanken weiblichen Backen unter einem verschmitzt glitzernden, raffiniert gearbeiteten Abendkleid, hatte die Verkäuferin ihr mit rauer Stimme zugeflüstert, Erfolgsfaktor 99,9 %! Das konnte die Haut zwischen den Backen schon mal aushalten.

Das Schminktäschchen rutschte zum BH in die City-Bag.

Sie straffte sich ein letztes Mal vor dem Spiegel.

Hölle, bist du sexy, du kleine Drecksau.

Der Typ gehört mir!

Siegesgewiss verließ sie die Damentoilette. Stöckelte zum Aufzug. Fuhr hinunter in die Tiefgarage.

Stellte fest, dass sie heute ja mit der U-Bahn hergekommen war, weil sie *ihn* nach Hause begleiten wollte. Und das ging am besten, wenn man in *einem* Auto saß, vorzugsweise in *seinem* Golf.

Scheiße.

Ohne Unfall erklomm sie in ihren Riemchenpumps die Oberfläche über die Fußgängerrampe der Tiefgarage. Der Abend war warm und duftete süß nach Kirschblüten – und ein bisschen Pisse, weil die Sonne auch die Biertrinker animierte, sich in der Innenstadt zusammenzurotten. Nun ja, so hatte jeder seine Frühlingsfreuden.

Beiläufig schaute sie aufs Handy und stellte fest, dass *er* angerufen hatte. Und ihr blieben nur noch zehn Minuten, um zum Treffpunkt zu kommen.

Jetzt aber schnell!

Sie hatten verabredet, sich am Brunnen vor der Sparkasse zu treffen, bissl unromantisch, aber okay. Eine Dorf- oder Stadtlinde gab es hier ja leider nicht mehr, seit ein Depp sie im Vollsuff vor zwei Wintern mit dem SUV umgesäbelt hatte. Die Stadtbrunnen waren bereits vor zwei Tagen angestellt worden, also würde sein heimeliges Plätschern ihre Begegnung untermalen, bevor sie an *seinem* Arm zu einem Abend zur Feier der Kunst schweben würde. Was *er* wohl trug? Einen schwarzen Anzug mit ausgesucht feiner und teurer Krawatte? Gar mit Krawattennadel, dazu kostspielige Manschettenknöpfe an den Ärmeln? Oder ein leichtes, einfach geschnittenes Sakko aus unbezahlbarem Tuch, das lässig um *seine* athletische Figur spielte, während *er* ihr von seinem Tageserfolg berichtete, ihr die Hand reichte, um mit ihr an *seiner* Seite zur Oper zu tänzeln – zwischendurch stehen bleibend, um ihr tief in die Augen zu sehen und sie zu küssen …

Gewaltsam schob sie die nächste Couchfantasie beiseite und beschleunigte ihren Schritt. Das Klack-klack ihrer Pumps ging in der Geräuschkulisse der spazierenden Städter unter, aber das machte nichts. Die Fußgängerzone war kein Laufsteg, ihr Auftritt war ihr dennoch gewiss!

Etwas außer Atem kam sie am Brunnen auf dem freien Platz an. Von *ihm* keine Spur. Die elektronische Uhr an der Sparkasse zeigte vier Minuten nach sechs Uhr.

Scheiße. Ließ *er* sie jetzt echt wegen vier Minuten stehen oder was?!

Während sie nach Luft und mit den aufsteigenden Tränen rang, löste sich eine unscheinbare Gestalt aus dem Schatten der Bäckerbude und kam auf sie zu.

Ne, echt jetzt? Das war doch nicht—

Sie musste zweimal hinschauen.

Er war es. Im Trainingsanzug. Mit Turnschuhen. Auf der Schulter: eine speckige Sporttasche.

„Hallo", sagte er fröhlich. „Ich dachte schon, du hättest mich versetzt."

„H-hallo", antwortete sie, aber eher automatisch. „Ne, wieso denn? Wir wollten doch zum Ballett. Das lässt man sich nicht entgehen!"

Stille.

Sie musterte ihn. Seine Turnschuhe waren an den Spitzen schon ziemlich ausgeblichen.

Er musterte sie. Wahrscheinlich sah er ihr die Höllenqualen wegen des String-Tangas an.

„Ja, klar. Das fängt halt pünktlich an. Lass uns losgehen." Er packte ihre Hand und zog sie hinter sich her.

„Aber – aber", versuchte sie, etwas Sinnvolles zu sagen. „In den Klamotten?"

„Klar", meinte er befremdet. Wobei das Befremden ihrem Aufzug galt. Anscheinend ging er grundsätzlich im Trainingsanzug in die Oper. Was wiederum komplett ihrer Vorstellung entsprach.

Aber sie schwieg und versuchte, nicht zu stolpern oder gar hinzuschlagen, was in den Pumps auf dem Kopfsteinpflaster echt schwierig war.

Schließlich zog er sie in eine Seitengasse. Sie sah die Oper hinter der Straßenecke verschwinden, hatte aber keine Zeit, eine weitere krude Fantasie auszubrüten. Hopste stattdessen an seiner Hand durch ein Treppenhaus, zwei Treppenabsätze hoch, durch eine weiß verkleidete Pressholztür – in ein Tanzstudio!

„Ich frage mal, ob im Fundus ein Trikot für dich liegt", sagte er, der Traumtyp aus dem Business Development. „Dann kannst du mitmachen."

Die Tanzlehrerin war begeistert, dass er eine Schnupperschülerin zum Erwachsenenballett mitgebracht hatte. „Und dazu noch eine mit Stil!", flötete sie erfreut. „Wo gibt es denn bitte noch so herrliche Abendkleider?"

Erst später kapierte sie, dass die Tanzlehrerin jedes Wort

ernst meinte. Das war aber erst nach der Horrorstunde an der Stange, als sie den Muskelkater des nächsten Tages schon schnurren hörte. Immerhin hatte sie exklusiv neben *ihm* geschwitzt, hatte *seine* gestreckten Glieder bewundert und *seine* Eleganz genossen.

„Ich fand Ballett schon immer toll. Hab eine Weile sogar für die Aufnahmeprüfung an der Hochschule trainiert." *Er* sagte das so einfach. „Aber mit BWL verdient man mehr."

Cool. Yeah.

Danach hatte sie auch noch *sein* Sofa kennengelernt. Zwar war es nicht aus Leder, sondern mit einem ganz ordinären Stoff bezogen. Dafür knirschte und knarrte es, als er unter anderem mit ihr die 77 durchturnte und ihr auch sonst ziemlich viel abverlangte. Aber *er* war jeden Schweißtropfen wert.

Wirklich jeden!

–

Am nächsten fand übrigens die Büroputzfrau ihre Unterhose Marke „Verwaschenes Blümchenmuster" im Papiermülleimer und entsorgte sie mit angeekeltem Gesicht.

7 Stationen

Sie stand in der Tür und wusste im ersten Moment nicht, wohin. Alle Sitze waren frei, der Uhrzeit entsprechend, die Uhren gingen schon auf halb zwölf zu. Sie war die Einzige im Waggon.

„Bitte die Türen freimachen", dröhnte es aus dem Lautsprecher am Bahnsteig. Ein Schritt weiter, hinter ihr schlossen sich die Türen. Die U-Bahn ruckte an. – Blind schlurfte sie zum nächsten Sitz, längs zum Gang, ließ sich darauf fallen und machte die Augen zu. So eine verdammte Scheiße.

Mit geschlossenen Augen war die Fahrt wie der Sog in einen Mahlstrom oder ein schwarzes Loch; am Ende wurde man irgendwo ausgespuckt und taumelte zurück zur Erde. In den Drift mischte sich heute eine zweite, eine Gegenbewegung, die sich wider das unausweichliche Erreichen der nächsten Station stemmte.

Sie öffnete die Augen. War nicht mehr allein.

Eingepackt in Jacke, Hoodie, neben sich eine riesige Sporttasche, alles in Schwarz und Dunkelblau, passend zu Kälte und Nacht. Nur die blonden Ponyfransen hingen ihm ins schmale Gesicht, reichten auf der rechten Gesichtshälfte fast bis zur Nase, aus der linken starrte sie ein dunkles Auge an.

„Prochain arrêt: Charles Michels …"

Sie hatte noch sechs Stationen vor sich.

Die U-Bahn hielt. Er blieb sitzen.

Beim Anfahren stemmten sich sich gegen die Trägheit,

sie mit dem rechten, er mit dem linken Fuß. Er trug Turnschuhe wie sie, die Schnürsenkel hatte er in einem komplizierten Muster hineingefädelt. – Ihr Blick schnappte nach oben und landete auf seinem Gesicht.

Er lächelte. – Ertappt.

Sie errötete. – Mist.

Niemand war eingestiegen, sodass sie wählen konnte, wohin sie schaute und sich dabei schämte, ihn so intensiv gemustert zu haben. Ihr Blick landete einmal mehr bei ihm. – Er tippte auf seinem Handy herum. Dann hob er es hoch.

Klick.

„Haben Sie mich gerade fotografiert?"

„Wollen Sie mal sehen?"

„Bitte löschen Sie es."

Er ließ das Handy sinken. Mit der freien Hand strich er die Ponyhaare unter die Hoodiekapuze. Sein Daumen tat, worum sie ihn gebeten hatte.

„Bitte sehr. Gelöscht."

„Auch aus dem Papierkorb."

Lange, zu lange schien er nachzudenken. Dann leerte er den virtuellen Mülleimer auf seinem Mobiltelefon.

„Danke."

„Prochain arrêt: Javel André Citroën …"

Die U-Bahn fuhr in den Bahnhof. Türen öffnen, wieder stieg niemand zu ihnen in den Waggon. Die Türen schlossen sich. Die U-Bahn fuhr an.

„Warum haben Sie mich fotografiert?", fragte sie.

„Ich wollte sehen, wie Sie reagieren."

„Und jetzt?" Jede ihrer Fragen war so überflüssig wie ein Kropf. Sie stellte sie nur, damit wenigstens ihre Stimme das

Rauschen des U-Bahn-Tunnels überlagerte.

„Jetzt nichts mehr." Er steckte das Handy in die Jackentasche. „Sie haben reagiert. Mehr wollte ich nicht."

Dann Schweigen.

Er stützte sich mit den Unterarmen auf seine Oberschenkel. Seine Ponyhaare rutschten wieder heraus. Jetzt sah sie seine Kapuze von oben. – Und was, wenn sie plötzlich das Gefühl hatte—

„Ich will mit Ihnen reden", sagte sie.

Er hob den Kopf. Seine Musterung ihrer selbst gehäkelten Mütze, des dunklen Wintermantels, ihrer zerkratzten, ausgetretenen Halbstiefel fiel kurz aus. „Reden Sie, ich höre zu."

Erleichtert atmete sie auf. Reden. Reden, das brauchte sie jetzt. Reden über die erste Schicht von den letzten fünf, die sie noch absolvieren würde; von dem Ende des Arbeitsvertrages, das viel zu schnell kam. Sie hatte doch noch keinen neuen.

Statt Worten aus ihrem Mund traten Tränen aus ihren Augen und klammerten sich an ihre Unterlider. Kleine Seen kurz vor dem Überlaufen.

Er reichte ihr ein Taschentuch.

Sie schnäuzte sich kräftig. „Danke."

„Ich höre zu", sagte er.

„Danke." Noch mal.

„Prochain arrêt: Église d'Auteuil …"

Einfahrt, anhalten, Türen auf und zu. Eine gemischte Gruppe stieg ein. Bevor sich jemand neben sie setzen konnte, hockte er plötzlich links von ihr, die riesige Tasche unter dem Sitz. „Reden Sie. Jetzt höre ich Sie besser."

Sie holte Luft. „Ich heiße Marie und habe bald keinen Job mehr. Die letzte Schicht war scheiße, zu Hause tropft der Wasserhahn und meine Nachbarn schmeißen ihren Müll ins Treppenhaus. – Jetzt Sie."

„Ich heiße Mathis, mein Vertrag wurde gerade verlängert. Um zwei ganze Jahre. Nicht Saisonen, Jahre. Meine Nachbarn werden fluchen, wenn sie das hören. Sie mögen nämlich meinen Musikgeschmack nicht."

Fragend hob sie die Augenbrauen. „Wieso?"

Er grinste. „Weil Klassik mit Bass anscheinend auch unangenehm ist. Aber ich höre nun mal weder Chansons noch Rap oder Pop."

Sie lachte verblüfft. „Sind Sie Musiker?"

„Toningenieur. Und Sie?"

„Späte Studentin in er Burgerbude. Noch."

„Welches Fach?"

„BWL. Außer Geldträume habe ich keine Talente."

Sie kicherten. Alleine zwischen den anderen müden Gesichtern.

„Ich mag Ihr Lachen", sagte sie.

„Machen Sie mich gerade an?", fragte er.

„Soll ich?" Die Gegenfrage gab ihr das Gefühl, stark zu sein.

Jetzt wurde er rot. „Das müssen Sie wissen." Er wandte den Kopf ab.

„Ich muss nicht", sagte sie hastig. „Wir können uns auch ganz normal unterhalten. Wenn Sie wollen, Mathis."

„Heißen Sie wirklich Marie?", fragte er, als die U-Bahn schon abbremste. Seine dunklen Augen schimmerten.

„Gerade ja. Heißen Sie wirklich Mathis?"

„Ja. – Wie heißen Sie sonst, Marie?"

„Prochain arrêt: Michel-Ange Auteuil …"

Die nächste Station, Menschen stiegen aus, andere stiegen ein. Ein Ruck, die Waggons fuhren an.

„Sonst heiße ich Marianne Aurelia", antwortete sie. „Nach meiner Tante väterlicherseits."

„Marianne gefällt mir besser als Marie", gestand Mathis. „Das klingt handfester. Stärker. Erwachsen. Die goldene Geliebte. Das hat doch was."

„Das hat mir ja noch niemand gesagt", lachte sie.

Er zuckte mit den Schultern. „Einmal ist immer das erste Mal. Darf ich Sie jetzt Marianne Aurelia nennen?"

„Gerne."

„Wie lange?"

„Noch drei Stationen. Dann steige ich aus." Sofort bereute sie den Satz. Es ging ihn nichts an, wo sie hinwollte. „Wohin müssen Sie?", schob sie nach.

„In die Weststadt. Eigentlich." Mit den vielen Menschen wurde es im Waggon allmählich warm; er schob die Kapuze zurück. An den Haarwurzeln wuchs es bereits braun nach; die Längen waren blondiert. Rasch tastete sie nach ihren eingeflochtenen Zöpfen, die sich allmählich auflösten. Darunter schwitzte sie.

„Und uneigentlich?"

„Ich kann überall aussteigen. Die nächsten Tage habe ich frei, Marianne Aurelia."

„Warum sagen Sie mir das, Mathis?"

„Weil ich Ihnen zugehört habe, Marianne Aurelia."

Oh je. „Und ich dachte, Sie sind nicht so ein Aufreißer, Mathis."

Er lächelte und beugte sich zu ihr hinüber. „Eigentlich bin ich auch kein Aufreißer."

Sie beschloss, ein wenig freundlicher zu schauen. „Okay. Sie sind kein Aufreißer und ich suche niemanden, auch keinen Zuhörer."

„Wie gut, dass ich allein in die Weststadt will."

„Ja, wirklich wunderbar."

Sie schob ihr Gesicht näher an ihn heran und begann, seine Muttermale zu zählen. Aus der Nähe betrachtet zerfiel sein Gesicht in braune Augen, eine gerade, dünne Nase, normalen Mund, hohe Wangen. Sah nett aus. Wirklich.

„Prochain arrêt: Porte d'Auteuil!"

Bremsen. Das Gesetz der Massenträgheit schob ihn auf sie zu, sie von ihm weg, sodass sie eine einheitliche Welle vollführten. Ganz knapp verfehlten sich ihre Schultern.

Sie bedauerten es.

Die Menschen um sie herum waren zu beschäftigt, um etwas davon mitzubekommen.

„Mathis—" – „Marianne Aurelia."

„Mathis, noch zwei Stationen", flüsterte sie.

„Drei bis in die Weststadt", raunte er.

„Wer sagt mir, dass du kein Frauenmörder bist?" Sie deutete auf seine Sporttasche.

„Wer sagt mir, dass du mich nicht abstichst?" Seine Hand landete auf ihrer großen Handtasche. „Vielleicht sammelst du ja Trophäen der Nach oder so, Marianne Aurelia."

„Tu ich nicht, Mathis."

„Und ich bin kein Frauenmörder."

Die U-Bahn fuhr an. Dieses Mal stemmte Marianne sich gegen die Trägheit. Mathis gab ihr nach. Sie schloss die Augen; sein Kinn kratzte leicht auf ihrem, als er sie küsste.

Er konnte küssen. – Und wie er küssen konnte! Seine Zunge in ihrem Mund, sie überließ ihm erst einmal die Erkundung, kreiste selbst mit der Zungenspitze um seine. Schön war das. Wie Musik.

„Du schmeckst gut", brummte er. „Wie machst du das?"

„Donuts in der Pause", murmelte sie. „Mehr?"

Sie küssten sich wieder.

Prochain arrêt: Boulogne Jean Jaurès … Türen auf, Menschen, Türen zu. Anrucken. Ihre Körper rutschten zusammen.

„Sieben Stationen, hast du gesagt, Marianne Aurelia."

„Oder Weststadt, Mathis."

„Aurelia, komm mit mir."

Die Tiefe, das Doppelbödige, alles klang durch.

Ein letzter, langer Kuss, bis die U-Bahn wieder bremste, quietschte, „Prochain arrêt: Boulogne Pont de St-Cloud!", ein Ruck, Türen auf.

Er löste sich von ihr, stand auf, stieg aus. Lief mit den anderen aus der Spätschicht die kalten Treppen hinauf in die Nacht. Zum Busbahnhof.

Der Bus in die Weststadt wartete schon.

Da hinten, am anderen Ende der Plattform kam sie gerade leichtfüßig über die Treppen aus dem Untergrund herauf, Marianne Aurelia, und lief auf ihn zu.

„Mathis, ich komme."

Die Bustüren schlossen sich hinter ihnen, der Bus fuhr

an, in der letzten Reihe zwei Gestalten, eine mit Hoodie, eine mit zerzausten Zöpfen, aneinander gelehnt, atemlos, glücklich.

Teamwork

Früher Abend

Samira

Ich habe drei Möglichkeiten: Ich werde gefeuert. Ich gehe freiwillig. Ich angele mir Mitch.

Seit drei Monaten bin ich wegen ihm komplett daneben. Immer, wenn er ins Sekretariat kommt, geht meine Welt ein bisschen mehr unter. Ab nächster Woche hat er Urlaub, dann ist er für drei Wochen zu Hause. Das ist irgendwo in Osteuropa. Und ich habe furchtbare Angst, dass er nicht zurückkommt. Weil ich ohne ihn hier nicht mehr sein will. – Er hat mir angeboten, ihn Mitch zu nennen, das tun alle seine Freunde. Das fällt mir schwer; er wirkt dadurch wie ein kleiner Junge. Aber ich will ihn als Mann!

Heute ist die vorletzte Gelegenheit, ihn auf meine Seite zu ziehen. Unser Chef hatte nämlich Geburtstag und hält es für eine teambildende Maßnahme, einfach mal gediegen zusammen zu feiern. Dafür habe ich mir sogar ein neues Kleid gekauft, obwohl ich mein Geld gerade jetzt zusammenhalten sollte. – Falls es heute nichts wird, werde ich morgen einfach am Flughafen stehen und ihm zum Abschied einen Kuss geben. Auf den Mund. Annette meint, das wäre eine gute Idee, denn er hätte ihrer Meinung nach schon jede Menge Versuche gemacht, an mich ranzukommen. Nur ich war mal wieder zu blöd, das zu bemerken.

Letzter Blick in den Spiegel, und dann geht's los. Es sind schon alle im Wohnzimmer. Wir sollen anstoßen.

Mircea

Letzter Tag in dieser staubtrockenen Abteilung! Hier muss man sogar einen Antrag ausfüllen, wenn man aufs Klo will, so kommt es mir vor.

Das Geld für die Geschäftsreisen im September ist immer noch nicht auf meinem Konto. Wofür habe ich es überhaupt angelegt, wenn nie was rechtzeitig ankommt? Na ja, das Gehalt ist gut und ich kann mir eine kleine Wohnung im Stadtzentrum leisten. Aber zu Hause könnte ich allein für die Reisekosten residieren wie ein König!

Und jetzt noch die Geburtstagsfeier. Ich habe es schon in Bukarest gehasst, jedem Vorgesetzten in den Hintern zu kriechen. Hier ist es nicht besser. – Jens ist ein höflicher Mensch, der meinen Namen nicht aussprechen kann. Deshalb soll er mich Mitch nennen, wie im Englischen. Keine Chance, er versucht es immer wieder mit Mircea und versaut es jedes Mal. Genau wie die anderen.

Morgen geht mein Flieger nach Sibiu. Endlich. Viorel hat mir richtigen Speck und Brot besorgt. Mama hat meine Wohnung geputzt. Und Sabina ... Wir werden sehen. Wahrscheinlich trägt sie wieder einen Ausschnitt mit Kleid. Das hat Samira heute übrigens auch an. Aber bei Sabina ist viel mehr drin als bei dem schüchternen deutschen Hühnchen. – Da kommt sie.

Lächeln, lächeln!

Jens

Der Sekt ist scheiße, was hat Jana da wieder besorgt?!

Egal. Wenn die Feier vorbei ist, werde ich sie mir wieder

so richtig ins Nest holen und mit ihr das Jodeldiplom wiederholen. Wir hatten schon viel zu lange keine Quality-Time mehr, ständig hatte sie was anderes vor. – Jana hat nur noch von Mitch geredet. Wenn er erst mal weg ist, kehrt hoffentlich wieder Ruhe ein. Drei Monate Weiterbildung bei uns waren definitiv 90 Tage zu viel.

Jana

Wenn Mitch weg ist, wird es wieder sterbenslangweilig. Jens kriegt jedes Mal die Krise, wenn ich nur an den blonden Achill denke! Dabei habe ich mich echt zusammengerissen.

Mitchs drei Weiterbildungsmonate waren definitiv 90 Tage zu wenig. Hoffentlich wird er noch mal verlängert.

Sein Aufenthalt, meine ich.

Annette

Jana ist einfach nur noch peinlich. Wie sie Mitch wieder angurrt! Bestimmt hat sie sich einen Latexabguss von seinem bestem Stück machen lassen, um es sich aufs Nachtkästchen zu stellen. – Himmel, er hat ja einen Verlängerungsantrag gestellt. Aber drei Monate Akustiktests im Abstellraum sind genug!

Samira ist auch eine dumme Pute. Aber sie tut mir leid, weil sie noch viel zu jung ist für so einen Mist.

Herr Seiler

Die Atmosphäre ist entsprechend der Vorgeschichte angespannt. Jens sollte Hahn im Korb sein, aber alle tanzen um den blonden Mitch herum. Leider bin ich zu alt für den Jungen.

Jens' Ansprache war etwas verworren. Aber der Kuchen ist gut. Ob den Jana gebacken hat?

Marina

Warum hat Jens mich eigentlich eingeladen? Ich gehöre doch schon über ein Jahr nicht mehr zu seinem Team. Und gelaufen ist zwischen uns auch nie was.

Haben die sich zerstritten? Samira heult gleich. Annette benimmt sich wie ihre Gouvernante. Jana würde dem Rumänen am liebsten in den Schritt fassen. Jens ist sauer, weil ihn niemand beachtet. Herr Seiler hätte sicher auch gern ein Stückchen von dem Blonden. Nur ich will endlich seine korrekte Reisekostenabrechnung haben, bevor er wieder ins Flugzeug steigt. Und falls seine Weiterbildung verlängert wird, sorge ich dafür, dass er einen Sonderkurs für seine Reisekostenabrechnungen macht, ob er will oder nicht.

Gegen sieben Uhr

Samira

Gleich gibt es Abendessen. Mein enges Kleid war keine gute Idee, denn alles, was ich esse, quillt über die Miederhose. Bald ist die Speckfalte dicker als mein Busen.

Ich sitze Mitch am Tisch gegenüber. Wenn ich mich vorbeuge, schaut er mir auf die Brüste. So hatte ich es ja auch geplant, aber der alte Seiler starrt auch hin. Ich dachte, der mag nur Männer. Jetzt denkt Mitch bestimmt, dass ich dumm bin, weil ich mir dieses Kleid angezogen habe.

Jana braucht Hilfe in der Küche. Es gibt eine Vorsuppe, irgendwas mit Maronen. Hoffentlich tropft mir von dem Zeugnichts ins Dekolleté. Und wenn doch?

Mircea

Ach je. Eine Hühnerbrust im Leopardenfell. Samira tut mir ja schon leid. Sind die deutschen Männer so schlecht, dass sie glaubt, sich einen rumänischen Bauern angeln zu müssen, für den sie mich anscheinend hält? Hätte ich ihr sagen sollen, dass ich in der Stadt aufgewachsen bin und dass ich Wert auf Stil lege? – Sind alle deutschen Frauen so?

Jana ist anstrengend. Ich will ihr nicht mit der Suppe helfen. Ich will ihr auch sonst nicht mehr helfen. Sie ist langweilig. Und aufdringlich. Und völlig gestört. Dass Jens sich da nicht einmischt!

Annette schaut biestig. Ich habe ihr mindestens dreimal gesagt, dass im Abstellraum, wo übrigens auch die Drucker stehen, nichts mit Jana gelaufen ist. Ein paar Male ist sie mir dort in die Quere gekommen. Jedes Mal habe ich sie angebrüllt, dass sie die finger von mir lassen soll. Danach habe ich nur was ausgedruckt, wenn sie noch nicht oder nicht mehr in der Arbeit war.

Ich muss mich wegen der Abrechnung mit der Schnepfe unterhalten. Ich will mein Geld.

Jens

Ein bisschen besser könnte die Stimmung schon sein.

Jana

Vielleicht frage ich Mitch nachher, ob ich mitkommen kann.

Annette

Vielleicht gehe ich nach dem Essen. Diese Feier ist öder als der wöchentliche Jourfixe. Alle wollen was voneinander. Nur ich stehe mal wieder außen vor.

Warum ist Marina eigentlich da? Die gehört doch nicht mehr zu uns.

Herr Seiler

Ich gehe nach dem Essen. Die erotische Spannung zwischen den Anwesenden ist mir zu niedrig, die Gespräche zu uninspiriert. So kann das ja nichts werden mit dem ausgelassenen Abend.

Marina

Ich schlafe gleich ein. Das ist *die* Gelegenheit, Prinz Charming auf seine Abrechnung anzusprechen. Dann werde ich wenigstens wieder wach. – Ach Mist, jetzt gibt's Suppe.

Nach dem Essen

Samira

Mir ist was von der heißen Suppe ins Dekolleté getropft. Ich habe es abgewischt und alle haben es gesehen. Jetzt ist dort ein roter Fleck wie ein Herzchen. Mitch schaut nicht mal hin. Schade. – Ich habe mich auf der Couch neben ihn gesetzt. Dann kamen Jana und Jens und haben uns noch mehr zusammengedrückt. Mitch riecht gut. Ich könnte ihn fressen vor Wonne. Aber ich trau mich nicht.

Mircea

Gut, dass Herbst ist, sonst würde ich mich zwischen Samira und Jana totschwitzen. Jana glüht richtig. Morgen bin ich sie los. Ihre Avancen sind ekelhaft. Ständig ist sie in meiner Nähe. Ich hätte das anzeigen können. Aber dann hätte sie bestimmt gesagt, dass *ich* sie angemacht habe, nicht umgekehrt. Wäre es anders gewesen, wenn ich sie einmal genommen hätte? Bei dem Gedanken wird mir übel, ich muss an die frische Luft.

Jens

Na bravo, jetzt ist auch noch die Sicherung rausgeflogen! Aber auf der Straße ist es auch dunkel. Ist das etwa ein Blackout? Was für eine bescheuerte Idee, meinen Geburtstag mit diesen Schnarchnasen zu feiern! Was mache ich denn, wenn der Strom erst in ein paar Stunden wiederkommt?

Jana dreht gleich durch, ich muss Kerzen holen. Sonst schreit sie wieder die ganze Nachbarschaft zusammen.

Jana

STROMAUSFALL!

Wenn ich mich ganz dicht an Mitch schmiege, spürt er, wie ich zittere. Vielleicht legt er jetzt endlich mal seine Hände auf meine Knie, das darf man doch wohl erwarten!

Was ist das? Samiras Hand auf seinem Oberschenkel?!

Annette

Na prima, ein Stromausfall. Ich gehe mal besser, bevor sich hier alle gegenseitig totschlagen.

Herr Seiler

STROMAUSFALL!
Was man im Dunkeln nicht alles anstellen kann!

Marina

Na super. Hoffentlich schlägt nicht jemand irgendwelche dummen Spiele vor, die nur im Dunkeln „richtig Spaß machen!"

Ich hätte nicht herkommen sollen, aber jetzt komme ich auch nicht weg. Und mit Annette will ich auch nicht mitfahren, die ist mir zu hektisch. Am Ende landen wir beide an einem Baum.

Stromausfall

Samira

Die Heizung geht nicht. Ich friere. Mitch will mich nicht in den Arm nehmen; ich habe gefragt und er hat Jens um Decken gebeten. Jetzt sitzen wir alle eingerollt wie die Würste nebeneinander. Jana macht in der Küche Glühwein auf dem Campingkocher warm. – Ich bin dabei, alles zu verlieren: meinen Job, meinen Crush. Meine Würde ist schon lang weg.

Mircea

Die Kerzen und der Glühwein erinnern mich an Weihnachten.

Ich hoffe, meine Weiterbildung wird nicht verlängert.

Sabina wird herumschreien, dass das so nicht geht. Dann soll sie herkommen und meine Weiterbildung mit diesen Weibern zu Ende bringen. Jens meinte, meine Beurteilung wäre gut genug, um nach Frankreich zu gehen. Vielleicht sollte ich das tun.

Ich habe Marina gefragt, ob sie Zeit für meine Reisekostenabrechnung hat. Eigentlich nicht, weil sie zu müde ist, hat sie gesagt, aber besser, wir holen die Kuh jetzt vom Eis. Weil die anderen so laut waren, haben wir uns eine Kerze vom Tisch genommen und sind in die Küche gegangen. Dort hat sie mir erklärt, dass ich die Beträge von den Belegen übernehmen muss, und zwar ohne Trinkgeld. Das würde ich erst zurückbekommen, wenn ich die Weiterbildung bestanden habe und zur mittleren Führungsebene gehöre. Und es täte ihr leid, denn ich hätte wirklich immer gutes Trinkgeld gegeben. Und wenn ich nicht bestehe, würde sie einen anderen Topf anzapfen, damit ich nicht auf den Kosten sitzen bleibe. Das ist unerwartet nett von ihr. – Wir sind in der Küche geblieben und haben noch ein wenig geplaudert. Marina ist glücklicher Single und hat ab Montag auch drei Wochen Urlaub. Sie bleibt zu Hause, um richtig auszuspannen. Ob ich das auch vorhätte?

Ich will wandern gehen. Da braucht man nicht viel Geld. Meine Urlaubspläne gefallen ihr. – Vielleicht muss ich auch kellnern. Ich weiß nicht, wie lang mein Geld reichen muss.

Jens

Warum stehen Mitch und Marina in der Küche? So schlimm sind wir doch gar nicht. Außerdem ist es frech von Marina, sich einfach wieder abzusondern. Ich habe sie eingeladen, damit sie wieder mehr Kontakt zu uns bekommt. Ich will sie in die Abteilung zurückholen, sobald Samira weg ist, spätestens Anfang nächsten Jahres. Dass Samira geht, ist seit gestern Abend beschlossene Sache. Der Seiler findet es schade, aber der janusköpfige Giftzwerg ist schließlich derjenige, der sie rausgerechnet hat.

Jana

Mitch und Marina allein in der Küche?! Das muss sofort ein Ende haben! Warum ist Annette schon gegangen? Sie hätte das zu verhindern gewusst!

Herr Seiler

Was für eine bräsige Truppe. Ich werde ein wenig Schwung in die Sache bringen.

Marina

Falls Jens mit dem Gedanken spielt, mich wieder in sein Team zu holen, hat Jana ihm gerade einen Strich durch die Rechnung gebrüllt. Sie ist auf mich losgegangen, als hätte ich ihr was weggenommen. Was uns einfällt, hier herumzustehen, sofort ins Wohnzimmer! Und nicht genug damit, jetzt will der olle Seiler auch noch Spielchen bei Kerzenschein veranstalten. Bin ich froh, dass ich nicht mehr dazu-gehöre!

Spiele

Samira

Der Glühwein ist stark in mir. Mein Verlangen nach Mitch auch. Er sitzt wieder neben mir. Ganz dicht. Wenn ich meinen Kopf auf seine Schulter lege, bleibt das Wohnzimmer endlich stehen. – Hach, wie gut er duftet …

Mircea

Rotzevoll. Das wäre beinahe das erste Wort gewesen, das ich auf Deutsch gelernt habe. Samira ist so betrunken vom Glühwein, dass sie sofort an meiner Schulter eingeschlafen ist. Sie schnarcht. – Marina hat auf sie gedeutet und den Kopf geschüttelt. Dann haben wir die sternhagelvolle Samira nach oben ins Gästezimmer gebracht, damit sie schlafen kann, und schön auf die Seite gelegt, falls sie kotzt. Marina hat „Danke, Mircea" gesagt. Sie ist die Einzige, die meinen Namen richtig ausspricht.

Jens

Jetzt fällt auch noch Samira aus! Was ist denn mit den Frauen los? Die eine hat keine Lust mehr, die andere säuft sich ins Koma – hoffentlich reißen sich Jana und Marina zusammen.

Seiler hat mich um eine leere Glühweinflasche gebeten. Jetzt will er Spiele spielen. Schlimmer kann er den Abend damit nicht machen.

Jana

MITTELALTERSPIELE?! Dein Ernst, Seiler?!

Sollen wir jetzt alle wie die Wilden aufeinander einschlagen und den letzten zum Ritter küren? Ooooh nein, hat er gelacht, wir sind doch keine Barbaren. Es geht um die Minne, die höchste aller Liebesformen! – Wenn ich nur einen seiner Gichtfinger auf mir spüre, hacke ich ihm sein Gehänge ab!

Herr Seiler

Die Nachricht wurde nicht besonders gut aufgenommen. Anscheinend muss man die Anwesenden mit Nachdruck dazu bringen, aus sich herauszugehen. Nun denn. Auf meiner Liste stehen viele schöne Sachen, die uns einander näherbringen werden.

Marina

Berühre zarte Frauenhände und errate, wessen Finger sich um deinen Daumen schlingen.

Daumen? Ich lach mich kaputt! Damit ist doch alles andere als der Daumen gemeint. Aber wenn der alte Seiler glaubt, dass ihm eine von uns–

Seiler hat auch schon ganz schön einen im Tee, beim Vorlesen lallt er, dann grölt er: „Her mit der ersten Weiberhand! Ich will dich meinen Daumen spüren lassen!"

Jens macht keine Anstalten, auf irgendeine Art einzugreifen, sondern holt einen Schal, weil er Seiler die Augen verbinden soll. Jana und ich schauen uns an, weil keine von uns an Seilers ausgestreckter Hand rummachen will, schon gar nicht am „Daumen". Ich mache mir eine gedankliche Notiz fürs Personalbüro.

Schließlich hat sich Jana soweit durchgerungen und streckt schon die Hand aus, da schiebt Mircea sie weg und fängt an, Seiler in der Handfläche zu kitzeln. Der steigt sofort drauf ein, schlingt seine Wurstfinger um Mirceas lange, schlanke Pianistenfinger und fängt an zu schmatzen. Kein Witz, er schmatzt vor Begeisterung! „Wohin will denn das Händchen, hm?", grummelt er und zieht Mirceas Hand tatsächlich zu seinem Hosenlatz.

Dann schreit der Seiler plötzlich, weil Mircea ihm die Finger umbiegt, und das war's. Seiler reißt sich den Schal runter und kriegt fast einen Herzinfarkt, als er Mircea erkennt.

Jana und ich johlen vor Begeisterung. Jens ist eher nicht so glücklich.

In der Dunkelheit

Samira

Mitch küsst mich leidenschaftlich.

Irgendjemand schnarcht.

Mircea

Es ist fürchterlich peinlich. Ich weiß auch, warum, der Antrag auf Fröhlichkeit wurde noch nicht genehmigt oder ganz vergessen. Zu Hause spielen wir solche Spiele auch, aber da wollen alle mitmachen, niemand ziert sich. Und da halten sich die Bătrâni, die alten Männer, zurück und betatschen nur die alten Frauen, die Spaß dran haben. – Janas

Augen sind jetzt wieder so groß wie die einer Kuh. Ich habe sie ja gerettet. La dracu!

Nur Marina lacht immer noch, dass ich den Seiler an der Nase herumgeführt habe. Sie ist auch diejenige, die bei der nächsten Aufgabe sofort widerspricht: Der Mann muss am nackten Bein erfühlen, welche Frau vor ihm sitzt. Da Jana ihre Beine rasiert und Marinas Beine muskulöser sind, ist es keine Kunst für Jens zu erkennen, wer wer ist. Das gleiche Problem sieht Marina im umgekehrten Fall: Jens hat Froschschenkel, Seiler Ochenstampfer und Mircea (wieder richtig ausgesprochen) Athletenbeine. Wo bleibt da der Spaß? – Kein Wort davon, dass sie keinen Wert darauf legt, angefasst zu werden oder einen von uns anzufassen. Jana ist es egal. Das wäre ihre erste Gelegenheit, an mir herumzugrabschen. Den Triumph gönne ich ihr aber nicht. Laut stimme ich Marina zu, dass man bei der nächsten Aufgabe bestimmt mehr Spaß hat. Weil die Deutschen so sind, wie sie sind, rechne ich damit, dass uns niemand widerspricht.

Nach einer Schrecksekunde liest Seiler die nächste Aufgabe vor.

Jens

Ich war damit dran, einen Kuss zu erhaschen. Also habe ich mir den Schal umgebunden, in den Seiler vorhin hineingeschwitzt hat, habe mir den Nächstbesten gegriffen und mit Glück auf die Wange geküsst. Es war Jana, wie ich auf Anhieb festgestellt habe, und ich habe mich gefreut. Sie fehlt mir nämlich sehr. Jana war nicht so glücklich darüber.

Mitch und der Seiler sahen erleichtert aus, dass ich nicht

sie erwischt habe. Und Marina hat sich wieder halb totgelacht. Wenn sie so weitermacht, will ich sie vielleicht doch nicht zurückhaben.

Jana

Mitch küsst bestimmt besser. Außerdem hat er nicht so viel Glühwein gesoffen wie Jens, ich habe die Tassen mitgezählt. Hoffentlich ist die nächste Aufgabe nicht wieder so dämlich.

Herr Seiler

Ich lese den Text vor und ernte lautstarken Protest. Nein, niemand möchte den Kopf in den Schoß des anderen legen und sich betasten lassen. Humorlose Bande! Also wandele ich die Aufgabe ab. Man muss den Kopf auf die Knie des anderen legen, und dann wird abgetastet. – Ob es eigentlich auch eine Aufgabe gäbe, bei der man nicht die ganze Zeit aneinander herumfummelt, fragt Marina. Humorlos, hab ich doch gesagt!

Marina

Gibt es eigentlich auch eine Aufgabe, bei der man nicht die ganze Zeit aneinander herumfummelt, habe ich gefragt. Wie kommen Sie überhaupt darauf, Herr Seiler, dass es jedem gefällt, was Sie hier machen? Und warum greifst du nicht ein, Jens? Das hier überschreitet doch jede rote Linie!

Herr Seiler zieht ein Gesicht, das Jens mit „Du bist immer noch total humorlos" übersetzt, und dann bricht es aus ihm heraus: Eigentlich hatte er gehofft, mich wieder auf das

Team einzustimmen, denn er wolle mich zurückholen, Samira hat mit Annette nur Chaos veranstaltet. Aber ich wäre ja immer noch die eiserne Jungfrau, die keinen Spaß versteht, wahrscheinlich wäre ich stocklesbisch, ich mit meinem Krafttraining, das hat er sowieso schon immer gewusst, und überhaupt!

Danach war es sehr still. Ich habe Jana angeschaut, die hatte Tränen in den Augen vor Scham. Dann habe ich versucht, Herrn Seiler anzusehen, aber der hat nur den Kopf hängen lassen. Selbst in dem miesen Kerzenlicht hat man gesehen, dass er knallrot angelaufen ist. Jens hatte wieder den irren Blick drauf, den ich so schrecklich finde. Wie gut, dass ich sowieso nicht vorhatte, wieder mit ihm zusammenzuarbeiten.

Nur Mircea war ganz ruhig. Hat nur den Kopf geschüttelt.

Weißes Rauschen

Samira

...

Mircea

Sie steht da, als hätte Jens ihr ins Gesicht geschlagen. Ihre Schultern sind hinabgesunken. Aber den Kopf hält sie gerade, eisern, unbeugsam. Ihre Schultern sind breiter als Janas oder Samiras, ihre Brust ist stolz gewölbt. Jeder Atemzug ist tief und lang, als müsse sie Kraft sammeln. – Einen Moment sieht sie aus, als wolle sie in Tränen ausbrechen. Sie schluckt ein paar Male, ihr Atem zittert, ihre Knie wackeln kurz. Das Licht ist zu schlecht, um mehr zu sehen, aber ich spüre, dass sie jeden Muskel angespannt hat. Sie wird dort so lange stehen, bis sie Jens eines Besseren belehrt hat.

„Wie lautet die nächste Aufgabe?", fragt sie da.

Seiler hebt verblüfft den Kopf, kramt nach seinem Zettel und liest vor: „Wirbelwinde umgarnen den Blinden. Hasch nur eine und küsse sie voller Leidenschaft."

Jana schnauft. „Das ist deine Aufgabe, Mitch."

„Warum?", frage ich.

„Jens habe ich schon geküsst und Seiler will ich nicht küssen."

Marinas Schultern straffen sich.

Blind greife ich nach dem Schal, den Jens mir zuwirft, binde ihn mir aber nicht um. Das brauche ich nicht. Unverwandt schaue ich Marina an, die sich mir nun ganz zuwendet. Als hätten wir uns abgesprochen. Ihre Augen brauchen keine Kerzen, um zu glitzern. Mag sein, dass sie Jens immer wieder lautstark den Spaß verdorben hat, weil sie seinen Spaß anders auffasst. Aber sie steht dazu. Immer noch. Leidenschaftlich. Unbeugsam, stolz, stark. Wie ihr Körper. – Die unterdrückte Wut lässt sie erblühen wie eine Rose. Schön ist sie, die Frau mit der markanten Nackenlinie, an der sich die Härchen aufgerichtet haben. Als hätte sie meine Gedanken gespürt.

Ich nehme den Schal in beide Hände. Werfe ihn um ihre schmale Taille. Ziehe sie an mich heran. Ihr Atem duftet nach den Gewürzen, die ich nur von zu Hause kenne. Ruhe durchflutet mich. Ich küsse ihre Lippen. Marina erwidert meine ungestellte Frage, unsere Zungen umtanzen sich.

Als hätten wir beide nur darauf gewartet.

Sie lässt sich von mir umfangen und schlingt ihre Arme um meinen Hals. Wie geschmeidig ihr Rücken ist, sehnig und weich zugleich. Ihre warmen Oberschenkel berühren meine; ohne darüber nachzudenken, presse ich sie an mich. Ihr Kuss will nicht enden. – Guter Gott, wenn du mich nun zu dir holen willst, so werde ich glücklich sterben.

Jens

...

Jana

...

Herr Seiler

...

Marina

Sein Atem trifft mich heiß und süß. In mir schmilzt etwas; seine Zunge schmeckt wie ein sonniger Nachmittag am Meer, salzig und warm. In seinen Armen bin ich plötzlich im Himmel, als hätte er mich aus der dunklen Runde gehoben, um mich zu retten. Nicht, dass das nötig gewesen wäre. Aber für diesen Kuss hätte ich wirklich alles zugelassen.

Das wird mir nun klar.

Dass meine Brustwarzen sich aufrichten, war zu erwarten gewesen. Aber dass seine Nähe in mir die zarte Stimme erweckt, die mich seine Hitze ersehnen lässt ... Plötzlich will ich mehr. Mehr von ihm.

Alles.

Vorsichtig löse ich mich, schöpfe Atem, fühle mich viel freier. Seine Brust senkt und hebt sich hektisch, als wäre er gerannt. Seine Hände liegen immer noch auf meinem Hintern. Ich kichere. Ich kann ihn fühlen.

Dann küsst er mich noch mal. Und wieder. Und noch einmal.

Ohne das Gemurmel der anderen zu beachten, verlassen wir den Lichtkreis der Kerzen und tasten uns in den Flur hinaus, wo wir unsere Sachen an der Garderobe gelassen haben. Er findet sein Handy und aktiviert die Taschenlampen-App. Wir sammeln auch den Rest ein und gehen einfach, ohne uns zu verabschieden, Hand in Hand.

Der nächste Tag

Samira

Ich bin in Jens' Gästezimmer aufgewacht. Das weiß ich aber nur, weil Jana es mir gesagt hat. Die hat dort nämlich vor dem Bett geschlafen.

Mitch ist weg. Sein Flug ging vor einer Stunde.

Mircea

Wir nehmen den nächsten Flug, weil wir verschlafen haben. Drei Wochen wandern in den Karpaten, nur Marina und ich.

Jens

Jana hat den Glühwein alleine niedergemacht. Sie muss mir den Teppich ersetzen.

Jana

Ich mache die Kotze weg und fertig. Soll er doch seine Hausratversicherung bemühen!

Herr Seiler

Ich werde morgen meine Versetzung beantragen.

Marina

Drei Wochen wandern in den Karpaten, nur Mircea und ich.

Die Autorin

Melody Fabergé ist eines von mehreren Pseudonymen. Entgegen allen Annahmen lebt die Autorin weder in Großbritannien (zu chaotisch), Frankreich (zu konservativ) noch in Kanada (zu weit ab vom Schuss), sondern in Süddeutschland sehr idyllisch am Dorfrand einer winzigen Gemeinde. Hier lässt es sich vorzüglich schreiben. Bären gibt es dort nicht, dafür einen Uhu, mindestens ein Käuzchen, jede Menge Meisen, Spatzen und natürlich Rehe. Zur Disney-Prinzessin fehlt ihr allerdings die richtige Ausstrahlung.

Ihr Geld verdient sie deshalb noch als Lektorin in der Bildungs- und Verlagsbranche. Regelmäßig veranstaltet sie genre-spezifische Schreib-Workshops. Hin und wieder trifft man sie auch als Dozentin in der Erwachsenenbildung.